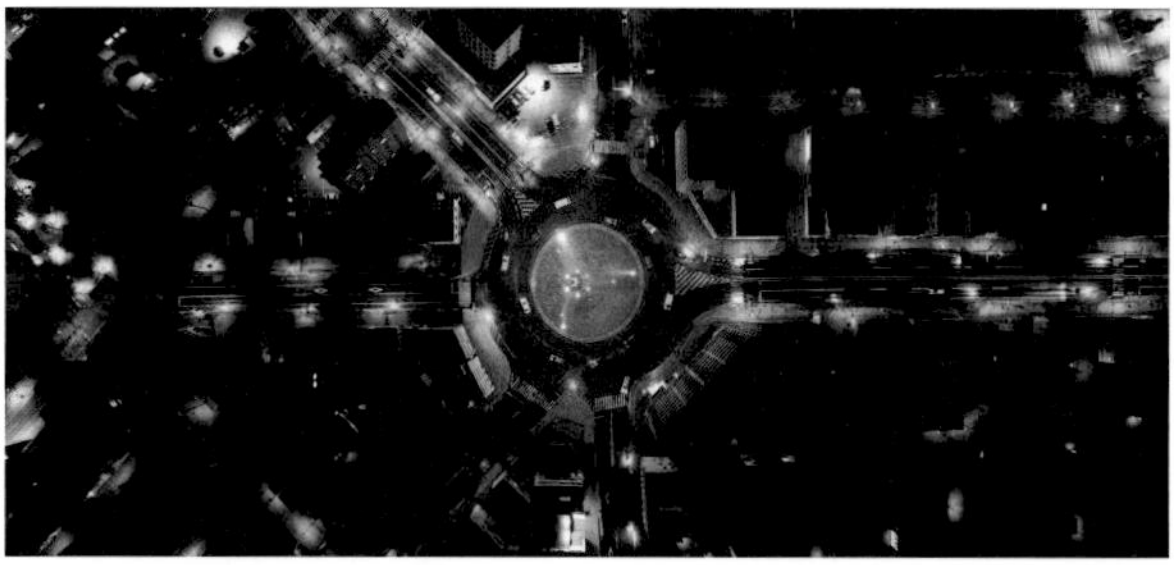

TAXI

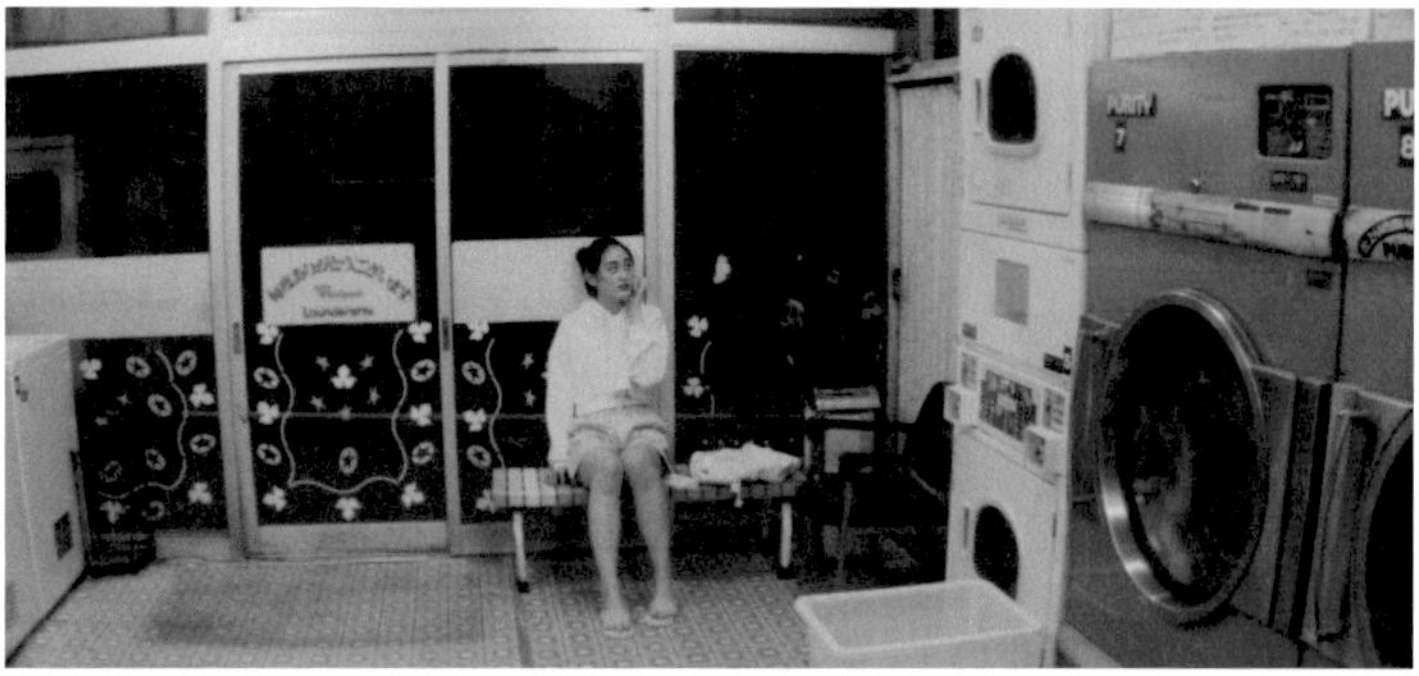

ドアレバーの操作
使用後はドアを開けたままにしてください
ペット用品はご遠慮ください
ご利用前後はドラム内を必ずご確認ください

New VID
on the
THE NEVER ENDING STORY II
THE NEXT CHAPTER

BLUE PLANET

CASHIER

IT WAS
ALL A
Dream
ACTION
First Love

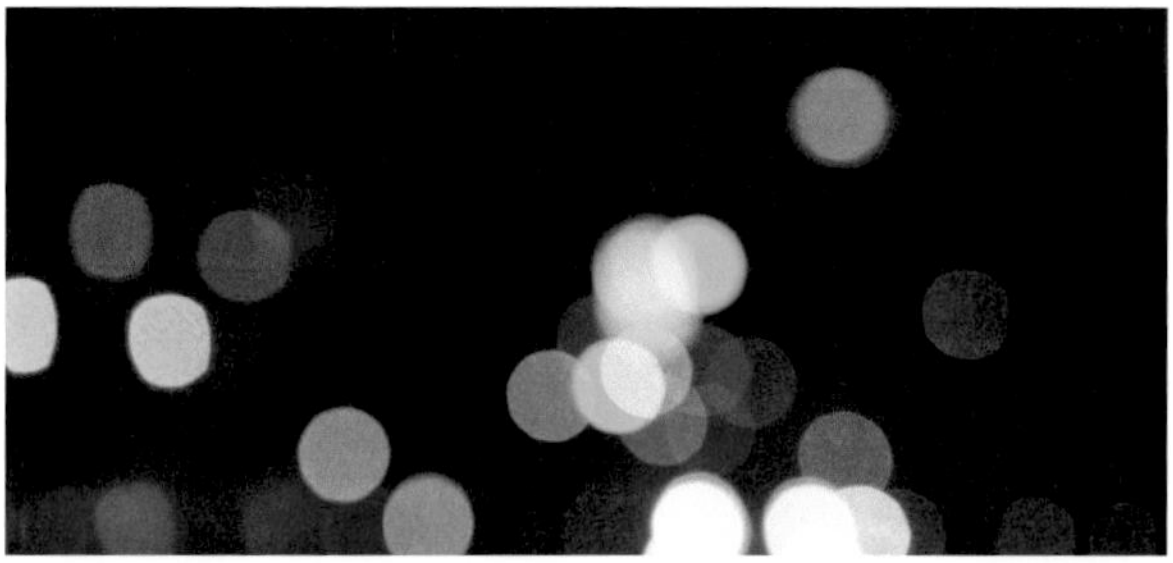

Roland

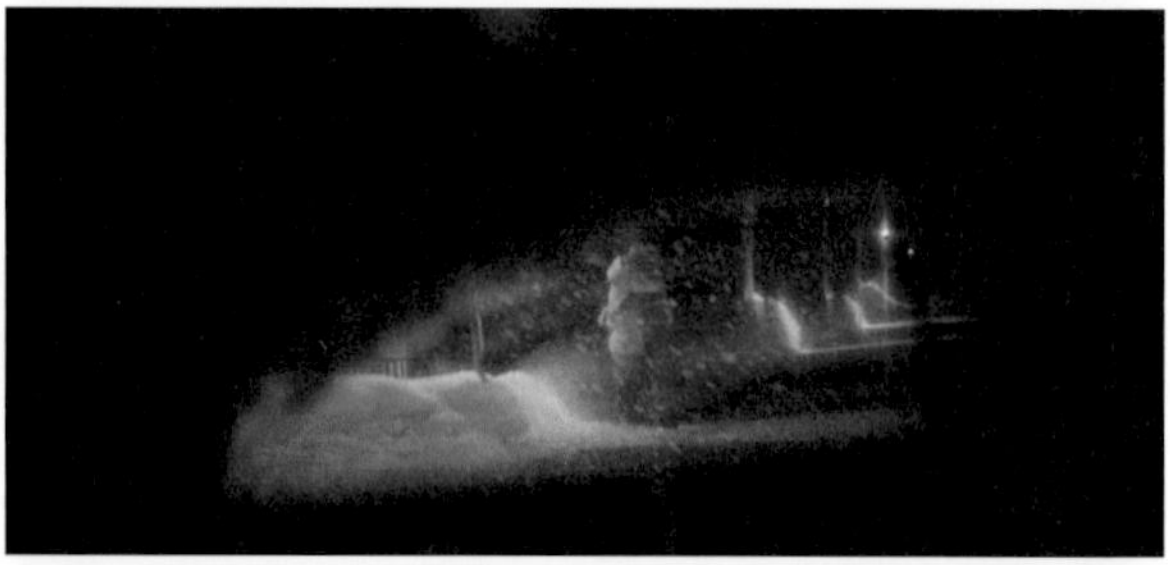

EXIT

First Love　初恋

シナリオブック

タイトル・ブックデザイン　近藤一弥
シネカリグラフィー　モエ＝ラン・タン

Contents

Netflixシリーズ本篇は全9話ですが、
本シナリオブックは撮影当初の全8話構成で収録しています。
本篇未公開シーンの収録や、シーンの入れ替えなど、本篇と異なる箇所があります。

登場人物

野口也英《やえ》　機内食製造工場勤務を経て現在はタクシードライバー

並木晴道《はるみち》　輸送機パイロットを経て現在はセキュリティ会社勤務

向坂《こうさか》　綴《つづる》　也英の息子

古森《こもり》　詩《うた》　綴の初恋の相手、コンテンポラリーダンサー

野口幾波子《きはこ》　也英の母、機内食製造工場勤務

有川恒美《つねみ》　晴道の現在の恋人、カウンセラー

大越　仁《じん》　晴道の現在の部下、愛称・コッシー、元陸上自衛官

並木優雨《ゆう》　晴道の妹、現在は美容師で一児の母。耳が不自由

並木頼道《よりみち》　晴道の父、自動車整備工場・ナミキオート経営

並木雪代　晴道の母

並木道朗《みちろう》　晴道の祖父

河野凡二《かわのぼんじ》　晴道の悪友、自動車整備士

河野愛瑠《あいる》　優雨と凡二の娘

繁田のぞみ　也英の高校時代の親友、愛称・ノン子

向坂行人《ゆきひと》　也英の元夫、脳神経外科医

向坂美津香《みつか》　綴の継母、双子の母

向坂絹世　行人の母、也英の元姑

占部旺太郎《うらべおうたろう》　也英の現在の同僚

茄子田《なすだ》守　也英の現在の同僚、愛称・ナスさん

津島昭比古《あきひこ》　也英の父、幾波子の元夫、会社経営者

津島さや伽《か》　也英のひとつ上の異母姉

Episode #1　リラの花咲く頃

1

〈ａｖａｎｔ〉走る也英のタクシー／タクシー営業所
（点描・Ｎ）

Ｔ『SAPPORO, 2018』
野口也英《やえ》(35)が運転するタクシーの車窓。
煌《きら》めく夜の札幌、行き交う人々。
（以下、也英の日常と適宜Ｓｃ．Ｂ）

×　　×　　×

ロッカールームで制服に着替える也英。

朝礼で社訓を復唱する乗務員達、紅一点の也英。

洗車機で洗浄される也英のタクシー。

也英Ｎ「誰かが云った。〈人生はまるでジグソーパズルだ〉と。どんなキラキラな想い出も、運命の女神を呪いたくなるような理不尽な仕打ちも、人生にとってはかけがえのないピース。失くした切符、12月のワンピース、青の時間という名のインクのシミ、冬の海岸の親密な時間、自分の名を載せた火星探査機、同い年のポップスター…叶わなかった夢、実らなかった恋、離れていった人達…あの日の過ちも、わたしの絵を埋めているの？」

×　　×　　×

ライラックの花束を抱えて足早に歩く、いつぞやの並木晴道《はるみち》(35)。
也英のタクシーとすれ違い――。

2

〈1998年5月〉女満別町・通学路（Ｍ）

芽吹きの季節。

豊かな自然の中を、高校1年生の也英(15)が弾む足取りで登校している。

也英「皆様おはようございます。この便はレイキャビク行き、ノルン航空627便でございます。私は客室を担当いたします、野口也英でございます。予報によりますと途中の天候は概ね良好とのことでございますが、飛行中の突然の気流の変化に備えまして、お座席にお着きの際には常にシートベルトをお締め下さい…」

時折、顔見知りの近所の人に挨拶しながら、すっかり暗唱してしまった飛行機の搭乗案内のアナウンスを楽しげに呟く。

空を見上げると、ジェット機の巨大なおなかが頭上を通過する。

也英「Attention, please……」

眩しそうに目を細めると、深呼吸して駆け出す。

3

〈2018年5月/1998年5月〉市電車内(M)

終始俯きスマホを弄《いじ》る中学2年生の向坂《こうさか》綴《つづる》(13)。

同じ車輌の奥に1998年の也英が坐っている。

窓外を眺め、希望に満ち溢れた表情で(イメージ)。

4

〈2018年5月〉走るタクシー車内~ラウンドアバウト(N)

徐行でアプローチし、環状交差点に侵入する也英。

カメラ俯瞰《ふかん》すると、それぞれの方向から様々な色や形の車が合流して規則正しく円を描き、やがてしかるべき道へと分かれてゆく。その優雅な様。

さながら人生の出会いと別れのように。

無線の声「狸小路3丁目入口でオカダ様、お願いします」

也英「232、了解」

也英N「もしもあなたに出会わずにいたら、わたしはどんな今を生きてるのだろう――」

左ウィンカーを出し、そのうちの一筋の道へ出で立つ――。

T『First Love 初恋』

5

〈1998年5月〉也英の高校・校門への道(M)

也英「おはよー」
繁田のぞみ(15)と、お決まりのポーズで挨拶を交わす也英。と、校門の前で生活指導教員・涌井《わくい》が制服の抜き打ち検査をしていることに気付く。

ノン子・也英「げっ、ワクイだ」「やばいやばい！」
　顔を見合わせ、ケラケラ笑いながら違反のスカート丈や靴下を必死で誤魔化そうとするが時すでに遅し。
涌井先生「オラッ、そこの1年、ちょっとコッチ来い！」
ノン子「でたーマジかー（アーメン、と十字を切り）」
也英「サイアク～」
　すごすごと涌井に歩み寄るふたり。
　その時、唸るエンジン音と共に、河野凡二《かわのぼんじ》(15)が運転する原付にニケツした並木晴道(16)が、涌井と也英達の間を猛スピードで駆け抜ける。
晴道「おざまーーーっす（おはようございます）」
涌井先生「あっクソッ！　並木！　コラーー！」
　校内をぶっ飛ばしてゆく晴道と凡二、追う涌井。
　也英、期せずして放免されその場に取り残される。
也英「・・・（目をパチクリして）」
　四方から追ってくる教員達をおちょくりながら逃げ回る原付。

　校舎の窓から声援を送る生徒ら。
　と、止めようと飛び出してきた涌井に驚く晴道と凡二。
凡二「あ、やべッ・・・」
晴道「うぉっ!!」
　凡二、慌てて急ブレーキをかけると原付が派手に横転する。生け垣に突っ込み、ひっくり返るふたり。
晴道「いってーーー、このへたくそがっ！」
凡二「あんだよ、せっかく送ってやったのに！」
涌井先生「（鬼の形相で）おめーら、ただじゃおかねーからな」
凡二「あ、ボクはここの生徒じゃないンで（と、逃げ腰で）」
涌井先生「いーから来いッ！　オラッ（と、ふたりを捕まえ）」
凡二「あらららら」
晴道「あーいたいいたいいたい。折れてるかもー」

大盛り上がりで囃し立てるギャラリー。
晴道、その間を悪びれもせず連行されてゆく。

也英「……（呆気にとられ）」

と、すれ違いざまに也英と晴道の視線がぶつかる。
その瞬間、ペロッと舌を出す晴道——その笑顔。

也英「……（ドキッとして）」

也英、つられてクスッと笑ってしまう。

ノン子「ふー助かったー（と、飄々とスカート丈を戻し）」

晴道から目が離せなくなっている也英——。

6

〈2018年5月〉綴の中学校・教室（授業中）

頬杖をつき上の空な綴。机に置いた左手の指先がコードを押さえるように微かに動いている。

教師「向坂。……向坂！」

綴「あ、ハイ……」

教師「試験前だぞ。ちゃんと集中しろ」

綴「スイマセン……（と、慌てて教科書を捲り）」

机の隅には、鉛筆で小さな鍵盤が描かれている。

7

〈日替わり・6月〉タクシー営業所・談話スペース（MN）

乗務を終え、同僚・茄子田《なすだ》守(55)、冨樫《とがし》暁生《あきお》(45)、油《ゆ》井《い》寛樹《ひろき》(32)とだべっている占部《うらべ》旺太郎《おうたろう》(37)。

冨樫が得意気に恋愛指南を始める。

冨樫「こないだの女だけどヨ」

油井「あー、アプリで会った子スか」

冨樫「（頷き）コールセンターで働く28歳。週6日、ひたすらお客のクレームに相槌をうち『おっしゃるとおりです』を繰り返す派遣OL。そんな女を秒で落とすには？」

旺太郎・油井「……（さぁ、と首を傾げ）」

冨樫「ミラーリングよ。女もクレーマーも共感に飢えてる」

旺太郎「（乗り出し）どゆことどゆこと」

茄子田「(女役で)『今日はイヤなお客に当たって疲れちゃった』」
冨樫『そうだね、疲れたよね』」
茄子田「(女役で)『アタシ、ワインの気分』」
冨樫「『なんてこった。ボクもだよ』女がワインを飲んだらすかさず飲むべ。同じタイミングでグラスを置くべ。相手は本能的な安らぎを感じて、30分後にはお前の上に乗ってるベヤ」
旺太郎「・・・・おお(と、真に受け)」
　と、そこへ乗務を終えた也英が戻ってくる。
冨樫「(小声で)恋愛という戦に疲れたオーバー35の女に特に効くワ」
也英「おつかれさまでーす。あーつかれたー(と、首を回し)」
　淡々と売上の納金をする也英。
　凝視する旺太郎。
也英「(背中に強い視線を感じ)・・・・え」

8　同・ガレージ(MN)

　也英が洗車していると、旺太郎がやって来る。
旺太郎「おつかれ。遅かったね」
也英「雨だからもうちょいいくと思ったンですけどねー」
旺太郎「いくと思ったよねー」
　也英が腕を組むと、旺太郎も腕を組む。
也英「でも割増で、いいパイ2本引けたのはラッキーでした」
旺太郎「それはラッキーだね」
　旺太郎、言いながら同じタイミングで窓を拭く。
旺太郎「気ィ合うなぁ」
也英「それミラーナントカですか。昨日、冨樫さんから聞きました。安易ですよねー(と、笑い)」
旺太郎「・・・・(気を取り直し)あ、今日飯でもどう? 給料日だし、なんでもご馳走する」
也英「ざんねーん。約束あるんで(と、すげなくあしらい)」

と偶然、旺太郎とくしゃみのタイミングが重なる。
旺太郎「あ、今のは偶然！　全然狙ってるとかない！」
笑って聞き流す也英。

9　繁華街の汚れた路地（EM）

白みだした空。
喧騒が去った街をぽつぽつ歩く也英。

10　也英のアパート（EM~M）

帰宅する也英。
慎ましい生活が窺《うかが》える部屋。
也英「ただいまーおかえりー」

×　×　×

女子アナの声「これからお休みの方も、お目覚めの方も、おはようございます……」
也英「おはようございます」
残り物の煮玉子を温め、鍋のままつまむ也英。
発泡酒をあおりながら、朝の情報番組を眺める。
女子アナ「ペルーでは来週、南米3大祭の1つとして知られる、インティ・ライミが開催されます。インティ・ライミとは、インカ帝国の都クスコで毎年開催される祭典で……」
也英「クスコ……クスコクスコ」
グーグルマップを開き『クスコ』と入れてみる。
也英「おー……クスコ遠っ」
続いて『インティ・ライミ』の動画を検索してみる。
也英「インティ・ライミやばいな……」
ストリートビューで、クスコ観光を一通り楽しむ。

×　×　×

居住まいを正す也英。ネットバンキングで給与の半額の16万円を振込すると「ふー」と息を吐く。
履歴には毎月15日きっかりに『コウサカユキヒト』へ送金されていることが示されている。

11　〈1998年5月〉也英の高校・教室（中休み）

也英、日直で黒板を消していると、担任・小渕《おぶち》が声を掛ける。

小渕先生「あー、野口、悪いンだけど次の教室に新しい教科書運んどいてくれヤ」

也英「あ、ハイ」

12　同・階段～化学室

教科書の束を抱え、階段をふーふー上る也英。と、ふいに荷重が消える。見上げると、上階からやって来た晴道が教科書を軽々と持ち上げてくれていた。

也英「……ありがとう」

晴道「オブチに頼まれたんで（と、ぶっきらぼうに）」

晴道、教科書を持ってすたすたと階段を上る。

也英、追いかけながらその横顔を盗み見て。

也英「……並木くんだよね。前にどっかで会ったことあった？」

晴道「……（一瞬詰まり、何か言おうとして）」

也英「（うーん、と考え）あ、わかった！　セイコーマートでコーラこぼしてきた人！」

晴道「……イヤ、違いマス」

「あれー？」と首を傾げる也英をさっさと追い越す晴道。

化学室に教科書を置くと、「じゃ」と立ち去ってしまう。

そこへ遅れてやって来る小渕。

小渕先生「あー、野口、悪かったな。コレひとりで運んだのか？」

也英「いえ、並木くんが」

小渕先生「おーそーか。アイツわりかしイイとこあンのな」

也英「（おや、と思い）小渕先生が言ってくれたんじゃないンですか？」

小渕先生「んあ？　俺？　が何？」
也英「……いえ（と、首を振って去り）」

13

〈2018年6月〉綴の中学校・廊下

チャイムが鳴り、グループごとに楽しげに散ってゆく生徒達。
俯いてひとり歩く綴。

14

同・屋上（中休み）

階段に腰掛け、チョコバーを齧る綴。
スマホを開くと、インスタの新しい通知が届いている。待ち侘びていたようにストーリーを再生する。
髪留めを外し、裸足で踊り始めるダンサー・古森《こもり》詩《うた》(16)。自由で生命力に満ちたパフォーマンス。

15

向坂家・綴の部屋（N）

真剣な眼差しでトラック制作をする綴。と、ノックの音。慌ててヘッドホンを外し、参考書を開く。
父・行人《ゆきひと》(44)が、電話をしながら入って来る。
綴「ハイ」
行人「（辺りを見回し）あー、あったあった」
行人、部屋の一角に忘れられた眼鏡を手に取る。
行人「ああ、明日送らせるよ。ハイ、では（と、切り）」
綴「それ、洸太《こうた》先生のでしょ？　明日渡しとくよ」
行人「安孫子《あびこ》君はもう来ないよ。実習で忙しいらしいから、明日から新しい先生にお願いしてある」
綴「（怪訝な顔で）え…そんなこと言ってなかったけど」
行人「中間試験、だいぶ順位落としたらしいな。今度の先生は北大の医学生だから、もっと実践的な対策を教わるといい」
綴「…（ああ、そういうことか、と呆れ）」
行人「綴、息抜きするなとは言わない。でもアソビはほどほどにしなさい（と、綴のドラムパッドを軽く弾き出てゆく）」
綴「……ハイ（と、口惜しそうに項垂れ）」

16　〈1998年5月〉也英の高校・体育館

体育の時間、バスケをしている晴道に女子生徒の視線が集まる。
抜群の運動神経で生き生きとコートを駆け回る晴道を、也英もつい目で追ってしまう。
ミナミ「並木ってちょっとこわそうだけどカッコよくない？」
アキ「わかるー ウチ密かに狙ってたし」
ユキナ「カノジョいるのかな」
也英「……（むむ）」
ノン子「おやおやおや。その目はなんだなんだ（と、双眼鏡のポーズで迫り）」
也英「なんでもなーい」

キャッキャとじゃれ合う也英を、晴道がチラ見する。
晴道が速攻してシュートを決めると歓声が上がる。
男女の声援「並木～！」「ナミキ行け～！」
声「……並木さん、なーみーきさん！」

17　〈2018年6月18日〉ビル・防災センター

居眠りしていた晴道がうっすらと目を覚ますと、
部下の大越仁《おおこしじん》(28)が覗き込んでいる。
コッシー「並木さん、大丈夫スか？　なんか今日予定あるって云ってませんでした？」
晴道、無精髭を掻きながら、眠気眼でスマホを見る。
晴道「……やばい、後頼むわ」
晴道、急いで飛び出してゆく。

18　駅のタクシー乗り場（E）

手土産のライラックの花束を手にタクシーに駆け込む晴道。後部ガラスをノックして乗ろうとすると、一足遅れで若い妊婦・瀬尾一葉《せのおかずは》がやって来る。晴道、一葉を見ると紳士的に順番を譲り、乗車の手を貸す。

一葉「すみません、ありがとうございます（と、乗り込み）」

続いてやって来たタクシーに忙しなく乗車する晴道。

19 走るタクシー車内（E）

晴道「パークホテルまでお願いします」

運転手の声「かしこまりました」

運転しているのは旺太郎だ。

晴道「あ、運転手さん、今日のファイターズの交流戦ってどうなってます？」

旺太郎「（嬉しそうに）3回表カープに2点リードです」

晴道「あー、そうスか…（と、マズそうに）」

旺太郎「あっ、スイマセン！（と、口を押さえ）」

晴道「ああ、イヤね、これから飯食う相手が筋金入りのカープファンで。彼女の親父さんなんスけど（と、苦笑いで）」

旺太郎「あーなるほど（お察しします、という顔で話を合わせ）」

と、晴道のスマホが着信する。晴道、ミラー越しに「（その彼女）」と目で会話する。

晴道「あーもしもし。うん、わかってる。今向かってる。お義母さんに土産も買ったし。（電話の声が遠く）え？何？」

晴道、話しながら「（音下げて）」とジェスチャーする。

ラジオの音量を絞る旺太郎。

晴道「ああ、ちょっと音遠くて…」

と、その時、ラジオから『First Love』が流れる。

晴道「…（あ、と反応し）」

旺太郎、気を利かせて更に音量を絞ろうとする。

晴道「ゴメン。悪いけど後でまた」

晴道、旺太郎を制止し、電話を切り上げる。

晴道「スイマセン、やっぱちょっと上げてもらっていいスか」

と、ラジオに耳を傾ける晴道。

最後のキスは
タバコのflavorがした
ニガくてせつない香り

明日の今頃には
あなたはどこにいるんだろう
誰を想ってるんだろう

You are always gonna be my love
いつか誰かとまた恋に落ちても
I'll remember to love
You taught me how
You are always gonna be the one
今はまだ悲しいlove song
新しい歌 うたえるまで

× × ×

〈フラッシュ〉1998年5月、満開のライラックの樹の下、背伸びして薄紫の穂に手を伸ばす也英。だがあとわずかなところで届かない。

その様子を見ていた晴道。

ふいに也英の鼻先に溢れんばかりのたわわな花房が近付く。也英、不思議そうに振り返ると、晴道が手を伸ばして頭上の枝を優しくしならせてくれていた。恥じらいながら微笑む也英——。

× × ×

流れる景色をぼんやりと眺める晴道。

晴道「……やっぱ戻ってもらえます?」

旺太郎「え。ええ、構いませんけど……(と、不思議そうに）」
曖昧《あいまい》に微笑う晴道。

20

〈回想・1998年10月〉也英の高校・屋上

給水塔の上で煙草を吸っている晴道。扉の向こうから話し声が聞こえ、漂う煙を散らして息を潜めると、男子生徒・岩清水《いわしみず》翔平がやって来る。
岩清水「ゴメンね、呼び出しちゃって」
遅れてやって来たのは也英だ。
不安げに見守る晴道。
岩清水「急にこんなこと言ってビックリするだろうけど……俺、入学した時からずっと野口のこと好きなんだ……」
也英「（食い気味で）ごめんなさい」
晴道「……（と、ほくそ笑み）」
岩清水「え。あ、でももしよかったら俺と……」
也英「うれしかったです。ありがとうございます」
岩清水「映画のチケ……」
也英「ごめんなさい」
也英、ペコリと頭を下げ風の如《ごと》く去る。
煙草を線香代わりにしてそっと手を合わせる晴道。

21

〈日替わり・12月〉同・校庭

ホイッスルが鳴る。ハードルを次々と跳び越えて1着でゴールする也英。
すらりと伸びた也英の脚や健康的なヒップを眺める男子生徒達。
ヒサシ「（鼻の下を伸ばし）いやしかし」
ノリユキ「（鼻の下を伸ばし）やべぇな野口」
アツロウ「（鼻の下を伸ばし）けしからん」
その後方をボールカゴを押して通り過ぎる晴道。
ヒサシ「けどアイツ、サッカー部のキャプテンと付き合ってるらしいよ」
アツロウ「マジか。ついに？」

ノリユキ「え、俺、生徒会の奴って聞いた」
「ガシャン!」躓いてボールカゴを盛大にひっくり返す晴道。
ノリユキ「おお、どした並木」
晴道「いや別に(わかりやすく動揺し)」

22 レンタルビデオショップ・アダルトコーナー〜レジ(N)

ピンクの照明の中、真剣な顔でAVを吟味する凡二。
その横で消沈している晴道。
凡二「所詮《しょせん》女ってのはステータスで男を選ぶンですよ。不良がイキがってられンのは中坊まで。高校はサッカー部か頭いい奴がモテるって相場が決まってンの」
晴道「野口はそんな安い女じゃねーよ」
凡二「ハイハイ。けど男できたンっしょ? とっとと告ンないからだよーこのチキンが」

晴道「るせー」
凡二「ま、コレでも観て元気だせ。凡二セレクション金賞受賞」
晴道「(見て)・・・すごいの?(と、ちょっと元気になり)」
凡二「(ものすごい、と口パクで)」
18禁の暖簾をくぐってレジへ行く晴道。
と、そこにはバイトの也英がいた。
也英「いらっしゃいませ。あっ、並木くん(と、ニコニコ笑って)」
晴道「・・・・(固まり)」
也英、差し出された女子高生盗撮モノをガン見する。
晴道「ヤ、コレは・・・・」
也英「(辺りを見回し)何泊になさいますか?」
凡二「あー1泊で。今日観るっしょ?」
晴道「・・・・(おわった、と)」

23 国道沿いのコンビニ・駐車場(N)

寒そうに煙草を吸う凡二。
その横で遠い目をしている晴道。

24

〈回想明け・2018年6月18日〉走るタクシー車内（E）

後部座席に坐り、愛おしそうにお腹をさする一葉。

運転手の声「何ヶ月ですか？」
一葉「予定だとあと1週間です」
運転手の声「それは楽しみですね」
タクシーを運転しているのは也英だ。
一葉「この10ヶ月、毎日がなんかクリスマス・イヴみたいで。でもそれももうすぐ終わっちゃうと思うと、ちょっと寂しいンです。やっと会えるのに、バカみたいですよね」
自嘲する一葉に、ミラー越しに優しく微笑む也英。
也英「いえ全然です。でも…産まれたらきっと毎日がクリスマスです」
一葉「…（パッと顔が明るくなり、頷き）」

25

一葉の自宅前（E）

停車したタクシー。
降車の介助をする也英、礼を言って去ってゆく一葉を静かに見つめ。
運転席に戻り、サンバイザーを下ろす。
そこには5歳位の男の子（綴）と也英の幸せそうなツーショット写真が挟まれている。

26

タクシー営業所・ガレージ（MN）

乗務を終え、乗務員証を抜き取る也英。
そこへやって来る旺太郎、後ろ手に持っていた花束を差し出し。
旺太郎「あ、也英ちゃん。あのコレ、もしよかったら…」

その香りに、自然と也英の足が止まる——。

旺太郎「（焦って）あっ、全然ヘンな意味とかじゃないのヨ。今日たまたまお客さんに戴いたから」

也英、神妙な面持ちで近付き、花束を受け取る。

也英「……1番、好きな花なんです。ライラック」

目を閉じその甘い香りを嗅ぐと、そぞろに胸が騒ぐ。

27

〈日替わり・6月27日〉街角

晴道、待っていると両目を小さな手で覆われる。

愛瑠の声「この国で1番可愛い10歳児は？」

晴道「うーん、……ぶっちぎりで俺の姪っ子かな」

愛瑠「きゃーーーハルミチーッ♡（と、抱きつき）」

晴道「俺のあいるーーーーッ！」

コアラの親子みたいにひっつく晴道と愛瑠《あいる》(10)。

晴道の妹・優雨《ゆう》(33)、「やれやれ」とやって来て。

優雨（手話）「付き合わされて、もータイヘンよ。最近じゃ絵本よりマニキュアと前髪重めの男子に夢中」

と、アイドルグループ〈流星王子〉のうちわを見せ。

晴道（手話）「そんなキャベツみたいな野郎のどこがいいんだ？」

優雨（手話）「（さぁねと肩をすくめ）ひさしぶりっ。お兄ちゃん元気だった？」

晴道（手話）「相変わらずだよ（と、苦笑いで）」

愛瑠「ねーハルミチどこいくぅー？（と、おませに甘え）」

晴道「お前が行きたいとこならどこへでも（と、メロメロで）」

28

デパート・メンズ衣料品売場〜筆記具売場

メンズの衣服を物色しつつ、首をひねる也英。

× × ×

也英、高級筆記具売場の前でふと立ち止まる。引き寄せられるように、ショーケースに近付く。

店員「よろしければお試しください」
　ケースから外国製の美しい万年筆を取り出す店員。
　也英、何を書こうか逡巡し――『綴』と書く。
店員「贈り物ですか？」
也英「あ、いえ、スイマセン。ありがとうございます」
　也英、頭を下げそそくさとその場を後にする。

29　市電停留所（E）

　降車する綴。
　也英、綴に笑顔で手を振る。
　何か言いたげな綴の視線に「ん？」と問う。
綴「こないだとおんなじカッコ」
也英「そうだっけ？（と、おどけ）髪伸びたね」
綴「そうかな（否定）」
也英「伸びたよ～」
　也英、歩きながら綴の髪を触ろうとすると、周囲の目を気にしてかわされる。

30　也英のアパート（E）

　奮発して買ったステーキを運びながら話す也英。
也英「憶えてる？　お気に入りのシャツ。青いボーダーの」
　インスタに夢中になっている綴。
　也英、背後から何気なく画面をチラ見し、「ほー」という顔をする。
也英「綴アレじゃないとなかなかおでかけしてくれなくって。洗濯中は大変だった。ふふ（と、楽しげに笑い）」
綴「そうだっけ（と、興味なさそうに）」
也英「そうだよー。証拠だってあるよ。確かビデオに残ってる」
綴「あそう」
　也英、食卓につきおもむろに自分の分の肉を切り分けて綴の皿に載せる。
綴「いいよ。そんな食べれない」

也英「ココがいちばんおいしいの（と、半ば強引に載せ）」
もぐもぐ食べ始める綴を嬉しそうに眺める也英。

×　×　×

食器を洗う也英。
と、綴がリュックを背負い始める。
也英「……アレ？　出かけるの？」
綴「ちょっと」
也英「今から？　こんな時間だし、デザートも……」
綴「9時には帰るよ。行ってきます（と、出てゆき）」
気が抜けてゴム手袋をしたまま椅子に坐り込む也英。

31　道（N）

ヘッドホンをしてスマホを見ながら足早に歩く綴。

通行人にぶつかり文句を言われる。

32　也英のアパート（N）

残り物を仕舞おうと、冷蔵庫を開ける也英。

中には『14』と描かれた手作りのバースデーケーキ。

壁のカレンダーの6月27日に二重丸が付き、『綴』という文字とクマのマークが描かれている。

33　パーラー（N）

幸せそうに苺パフェを頬張る愛瑠を眺める晴道。

優雨（手話）「(テーブルを叩き）まさか、すっぽかしたの？」

晴道（手話）「急におなか痛くなったの（と、誤魔化し）」

優雨（手話）「(ふーんと疑る目をしつつ）……もう5年？」

晴道（手話）「……7年」

優雨（手話）「(呆れて）ありえない。知らないよ。恒美《つねみ》さんに捨てられても」

晴道「ハイハイ。わかってますよ」

スマホを取り出し、パスコードの『1209』を

　慣れた手付きで押す晴道。
　優雨、覗き込み意味深な顔をする。
　カメラアプリを起動し、愛瑠の写真を撮る晴道。

晴道（手話）「……何？」

優雨（手話）「その番号（と、ニヤニヤし）、1・2・0・9」

晴道「プライバシーの侵害（と、優雨の手話を遮り）」

優雨（手話）「誕生日でしょ？　あの人の。お兄ちゃんまだ……」

晴道「別に……（手話）別に深い意味はないよ。覚えやすいし、落としても他人にバレないからってだけ」

優雨「（ふーん、と含み笑いで）」

　晴道、視線を逸し、愛瑠の口の周りに付いたクリームを指で拭って食べる。

晴道「んー、うまいっ」

34　**〈回想・1998年12月9日〉也英の高校・屋上**

　いつものように給水塔の上でサボっている晴道。
　と、男子生徒・駒井《こまい》健人《けんと》に呼び出された也英がやって来る。
　晴道、習慣的に男のスペックをチェックすると、恭しく手を合わせてご冥福《めいふく》をお祈りする。

駒井「（緊張でカチコチになり）のっ、のののぐちさん！」

也英「はい」

駒井「……スっ、すすすすきな……食べ物はなんですか？」

也英「え……（うーん、と一応考え）」

駒井「やっぱりいいですッ!!」

　駒井、答えを聞く前に真っ赤な顔で走り去る。

晴道「プッ……（と、思わず笑ってしまい「やべ」と口を押さえ）」

也英「（気付き、晴道を見上げ）好きな食べ物訊かれちゃった」

晴道「……好きな食いモン知りたいってのは、きみのことが好きですって意味だろ」
也英「ふーん……じゃ並木くんは？　好きな食べ物なんですか？」
晴道「あ、俺？（考え、素直に）ナポリタン」
也英「……そっか。またね！」
　笑顔で走り去る也英。
　ボリボリと頭を掻く晴道。

35　並木家・晴道の部屋（N）

　プレステをしている凡二と優雨(13)。
　その横で悶々としている晴道。
凡二「それって告白だべ」
晴道「え」
凡二「えって」
晴道「（優雨を見て）え」
優雨（手話）「え、バカ？（と、呆れ）」
凡二「文脈ってわかります？　ぶ、ん、みゃ、く。『かき買いました』って云われたとして、その前に『果物屋で』ってありゃ、『かき』は『牡蠣』じゃなく」
晴道「柿」
凡二「はい。『好きな食いモン何？』の前に『それを知りたいのはオマエが好きだから』ってありゃ、それは質問じゃなく告白！　それが文脈！　そンくらい中卒の俺でもわかるわ」
　事の重大さに気付き口を押さえる晴道。
　凡二と優雨が「ガチでバカ」「チキン」の手話をして呆れている。
　振り返ると祖父・道朗《みちろう》(70)も呆れている。
　脱兎《だっと》の如く部屋を飛び出す晴道——。

36　〈回想明け・２０１８年６月27日〉也英のアパート（N）

　ひとりホームビデオを観る也英。
　青いボーダーのシャツを着た5歳の綴が、撮影者の也英に向かって可愛く駆け寄ってくる。

也英「(ふふ、と愛おしそうに微笑い)」

殺風景な部屋の一角には、幼き日の綴が描いた絵などが飾られている。

也英、ふと時計を見ると約束のPM9時をまわっている。心配になって綴にメッセージを送るが、既読がつかない。

居ても立ってもいられず玄関を飛び出す。

37

〈1998年12月9日〉レンタルビデオショップ(N)

頬杖をつき、どこか浮かない顔で店番している也英。

バイト・楢橋大吾《ならはしだいご》がニヤニヤしながらやって来る。

楢橋「あれ? 也英っち今日もシフト入れたの?(と、茶化し)」

也英「そうですけど? 問題ございます?(と、口を尖らせ)」

楢橋「ございませーん」

也英、しんしんと降る窓外の雪を眺める。

38

同・店先〜走る幾波子の車内(N)

寒そうに待つ也英。

クラクションが鳴り、母・幾波子《きはこ》(44)の車が滑り込む。

也英「おそいー(と、乗り込み)」

幾波子「ごめん〜、年末で全然人手足りないんだもーん」

幾波子、煙草を咥えながら後部座席に隠していた小さなケーキを取り出し、ロウソクに火を灯す。

幾波子「♪ハッピバースデー也英ちゃ〜んハッピバースデー……」

也英、やれやれと笑ってロウソクを吹き消す。

幾波子「おめでとう、也英ちゃん」

也英「どうせまた工場の残りモンでしょー(と、照れ隠しで)」

幾波子「失礼なー。ファーストクラスのだよ～、松井秀喜も食べたやつだよ～たぶん（適当）」
「甘っ」などと笑いながらそのささやかなケーキを分け合うふたり。
降り積もる雪をワイパーが重そうに押しのける。

×　　×　　×

走る車内、ラジオから聴き慣れない曲が流れ出す。
DJの声「次のナンバーは本日12月9日、弱冠15歳にしてデビューした大注目のシンガーソングライター、宇多田ヒカルで『Automatic』」
幾波子「へぇ～。てことは也英ちゃんと同い年？　やだすごい」
也英「……（ふ～ん、と）」
幾波子「大したモンね～、最近の子は。オートマチックだってさ。オートマチックって何？」
也英「……自動（と、面倒そうに）」
幾波子「あ、自動といえば工場の自販機値上がりしてさー。いくら消費税5パーになったからって、100円のコーヒーがなんで急に120円になンのよ？（云々）」
幾波子の声が遠退いてゆく。
流れる景色をぼんやり眺める也英。その耳に残るメロディとリリックがやけに胸に響く。也英は晴道のことを考えていた。

39 〈2018年6月27日〉繁華街・ビルボード前（N）

スマホに目を落としたまま、この日発売になった宇多田ヒカルのニューアルバム『初恋』の巨大なビルボードの前を通り過ぎる綴。

40 路上〜タクシー車内（N）

綴を探すためタクシーに乗り込む也英。
也英「とりあえず国道方面にお願いします」

×　　×　　×

心配そうに窓外に目を遣る也英。ふと、綴が熱心にインスタを見ていたことを思い出す。
検索するとすぐに綴のアカウントがヒットし、綴がフォローしている『ＵＴＡ』というユーザーが目に留まる。配信中の詩のＬｉｖｅ動画には、いくつかのコメントが寄せられ、今まさに綴が視聴していることも示されている。
也英、何かに気付き画面をズームする。
也英「……（ハッとして）運転手さん、コレ、ＴＶ塔ですよね？」
ドライバーＡ「えっ……さァどうだべ」
也英「ほら、12号線の北側から見たＴＶ塔ですよ。スイマセン、そこＵターンして札幌に向かってもらえます？　石狩街道は今通行止めなんで、東3丁目の一通を南進して北1条のオフィス街に向かってください」
ドライバーＡ「はァ……（と、やけに詳しい也英に戸惑い）」

41

〈1998年12月9日〉走る幾波子の車内～野口家近くの交差点（Ｎ）

シートに凭《もた》れる也英。車が右折したその時、ガードレールに腰掛け煙草を吸う晴道の姿を視界に捉える。
也英「……え。あっ、停めて停めて！　降ろして!!」
急停車するやいなや、鉄砲玉のように駆け出す也英。
也英「並木くん!?　どうしたの？　風邪ひいちゃうよ」
晴道の肩や髪に積もった雪を懸命に払う也英。
晴道、也英の手を掴み、ぎゅっと抱き寄せる。
也英「……並木くん？（ビックリして固まり）」
晴道「野口は何？」
也英「え？」
晴道「野口の……好きな食べ物、何？」
也英「……（胸が締め付けられ）」
溢れそうな涙を必死で堪え、震える声で答える也英。

也英「……エビ」

晴道「(フッと微笑い)俺、野口が好き。初めて会った時からずっと。俺と、付き合ってください」

也英「……はい。わたしも。並木くんのことが大好きです」

也英の眼からポロポロと涙が溢れる。

その様子をやれやれと見ていた幾波子、煙草に火を点けゆっくりと煙を吐くと、クラクションを鳴らす。

ビクッとして振り返る也英と晴道。

と、車の扉が開く。

幾波子「(車から降り)ちょっとそこのクソ坊主! 吸うンならもっとコソコソ吸いなさいよ!」

晴道「あっ……ハイ!」

幾波子「あとねアンタ、これだけは約束すること。何があっても、日付が変わる前に帰らせる。妊娠させたら殺す」

晴道「ハイ‼(と、最敬礼でお辞儀し)」

也英、プッと笑い幾波子が放った上着をキャッチする。

バックミラーの中、抱擁《ほうよう》する若いふたりがちいさくなってゆく——。

42

〈2018年6月27日〉繁華街・ビルボード前〜ビル前・並木道(N)

走る也英、『初恋』のビルボードの前を通り過ぎる。

× × ×

並木道の一角にポツンと坐る綴。

そこへやって来る也英、深い安堵の溜息を漏らす。

綴「(気まずそうに俯き)……ごめんなさい」

無言で綴の隣に坐る也英。

綴「……なんでわかったの?」

也英「タクシードライバーの、勘? と、ゴメン、勝手に

　　お友達のインスタグラム見ました。・・・・彼女？」
綴「・・・・（自嘲して首を振り）向こうは多分、よく『いいね』してくるフォロワーの1人と思ってる。ここに来れば会えるかと思ったけど、遅かったみたい」
　　綴、握り締めていた髪留めを見つめ肩を落とす。
也英「（優しく微笑み）素敵な子だよね」
綴「・・・・（素直にコクンと頷き）」
也英「あ、コレ。忘れないうちに」
　　也英、ポケットから小さな包みを差し出す。
　　中には2万円分のamazonギフトカードが入っている。
也英「何買ったらいいかわかんなくて・・・・誕生日おめでとう」
綴「ありがと」
　　綴、おもむろに也英にヘッドホンを渡すと曲を流し始める。それはとても美しく緻密《ちみつ》な楽曲だった。
也英「・・・・綺麗な曲」
綴「・・・・あの子のイメージで書いた」
也英「え？　コレ綴が作ったの?!　うそ、凄い！　凄いよ！」
綴「このくらい誰でも作れるよ」
　　目を輝かせ感激する也英に、照れ臭そうに微笑う綴。

43

〈1999年3月10日〉レンタルビデオショップ

　　有線から流れる『First Love』。
　　也英が新譜のPOPを書いていると、楢橋が届いたばかりのアルバムを運んでくる。
也英「あ、わたし代わります」
　　也英が棚にアルバムを並べ始める。

44

〈2018年6月〉路上～走るタクシー車内～ラウンドアバウト

　　タクシーに乗る晴道。

晴道「中島公園の方までお願いします」
ドライバーB「かしこまりました」
やがて環状交差点に差し掛かり、徐行して侵入するタクシー。
晴道、ふと窓外に目を遣り我が目を疑う——すぐ隣の外側車線を並走するタクシーを運転しているのは也英だ。
晴道「…：（ハッとして）あっ、スイマセン！　やっぱココ曲がってください！」
ドライバーB「えっ?!」
晴道「あのタクシー追ってください！」
ドライバーB「（苦笑し）イヤ、お客さん、そんな急に言われましても」
晴道「早く！」
ドライバーB「ムリですって〜。国道行きたきゃもう1周しますから」
環状交差点を出てゆく也英のタクシー。
流れに逆らえず、環道を回る晴道のタクシー。
離れてゆく也英のタクシーを口惜しそうに見つめる晴道。
カメラ俯瞰すると、2台の車輌がそれぞれの道へと分かれてゆく。
也英N「どんな出来事も、人生にとってはかけがえのないピース。でももし、大切なピースを失くしてしまったら？」

45　〈1999年3月10日〉レンタルビデオショップ

試聴機の中で回るCDの盤面。
『First Love』がずらりと並んだ棚。
也英が書いたPOPには『今、わたしたちの時代がはじまった』の文字。

〈Ep#1　END〉

Episode #2　きみの声

1

〈avant・1998年12月〉野口家・階段～也英の部屋／並木家・廊下（N）

電話のコードが廊下を伝い、也英の部屋に延びている。

PM7時ちょうど、風呂上がりで濡れ髪の也英(16)が、受話器を耳に当てベッドに正座している。

也英、電話の呼び出し音を数え。

也英「さん、しー、ご、ろく……」

7回目のベルが鳴り、ダメだ、もう切ろうと思った矢先、電話が繋がる。

也英「(緊張MAXで) あっ、モシモシ!」

晴道の声「……野口?」

也英「……うん。よくわかったね」

晴道「そりゃわかるよ (と、照れ臭そうに)」

並木家の廊下の隅で話す晴道。

也英「(わかってくれたことに嬉しさがこみ上げ)……そっか」

晴道「あ、明日どこ行く? 野口の行きたいとこ……」

と、突如ふたりの通話に「ピッポッパ……」とダイヤル音が割り込んでくる。

幾波子の声「しもしもアケミちゃん? あら? ナニ、おかしいわね」

也英「今電話中!!」

也英、別室で電話しようとしている幾波子に叫ぶ。

也英「(恥ずかしそうに) あ、ゴメンね…ママが」

子機を耳に当て、わざとらしくやって来る幾波子。

その辺を用もないのにウロウロする幾波子に、「あっち行け」とジェスチャーする也英。

晴道の声「……じゃ、とりあえず11時に公園通りの入口で待ってる」

也英「あ、うん、わかった。ウン、おやすみなさい」

電話を切ると、嬉しさのあまりクッションに顔を埋めて叫ぶ也英。

幾波子がビクッとして子機を落とす。

2

〈2018年7月〉也英のアパート

花瓶に活けたライラックの水を交換する也英。

と、インターホンが鳴る。

× × ×

也英「ごくろうさまです」

也英、運送屋からamazonの箱を受け取り開く。

中には青いカーディガンと、『たまにはデートでもしたら』という綴からのメッセージカード。

也英「……（嬉しさがこみ上げ）」

也英、姿見の前でカーディガンを羽織ると、控えめにクルッとまわる――。

3

〈1998年12月〉野口家・也英の部屋／〈2018年7月〉也英のアパート

（Match. C）――姿見の前でワンピースを着てクルッとまわる也英。

也英「……（う〜ん、と首を傾げ）」

ベッドの上には服が積み上がっている。

× × ×

うっかりクルッと回ってしまったことにちょっと気恥ずかしさを感じ、そそくさと片付けを始める也英。

T『First Love 初恋』

4

〈2018年7月〉ビル・防災センター（N）

晴道、業務を放ったらかして電話している。

晴道「あー、モシモシ。あの、こないだおたくのタクシーで忘れ物したかもしれない者なんですけども、ええ、黄色い車体の、確か女性のドライバーさんだったかなァ、ええ、あ、女性は、いない。そうスか……ハイ、どうも……」

晴道、溜息をつき、タクシー会社のリストに取消線を引く。

その傍らで、アマチュア無線の交信をしているコッシー。

コッシー「いやー並木さんって案外しつこいンすね（と、ニヤつき）」

晴道「うっさいよ。日がな1ン日盗聴してる奴に言われたかないね」

コッシー「人を変態みたいに言わないでください。無線交信は趣味の王様ですよ。謂《い》わば、ロマンティックの交換です」

晴道「何言ってンの」

と、監視モニターに人影が映っていることに気付くコッシー。

コッシー「あーまた来てる、こないだ注意したばっかなのに（と、重い腰を上げ）」

モニターには、練習のためやって来た詩の姿。

晴道「（見て）……いいよ、俺行く」

立ち上がり警備帽を被って出てゆく晴道。

5 向坂家・ダイニング（N）

夕食会で料理を振る舞う行人。

行人の大学の同期・千葉一平《ちばいっぺい》と部下・牧山稔《まきやまみのる》が招かれ、綴も同席している。

高級そうな分厚いステーキを淡々と食べる綴。

綴の継母・美津香《みつか》(30)は、双子のモナ・ノア(5)にかかりきりになっている。

行人「あー、牧山くんネ、まずそれは岩塩で食べてくれる」

牧山「あッ、ハイ」

千葉「やだねー。脳外科医ってのは自分が王様だと思ってる。いいじゃないの、ソースかけて食ったたって。ねぇ？」

行人「千葉、オマエもわさびを醤油に溶くんじゃないよ」

千葉「大変でしょ、美津香さんもこんなヤツと一緒じゃ」

美津香「ふふふ、まぁ（と、合わせて笑い）」

牧山「奥様とはどのように知り合われたンすか？」

千葉「合コンよ。コイツ、オペで2時間も遅刻して来て、1番美人な美津香さんをかっさらってった」
行人「目的から逆算して最善の手段を取る。牧山くん、オペも女性もスピード重視だよ」
牧山「ハイ」
千葉「けど今回は頼みますよ。こんな若くて綺麗な嫁さん貰ったんだから」
行人「ハハ。同じ轍《てつ》は踏まないよ（と、美津香の肩を抱き）」
面白くなさそうに大人達の会話を聞いていた綴。
綴「ごちそうさま（と、音を立ててカトラリーを置き）」
行人「あー、綴。来週の土曜……」
綴「5時に小樽医科大のナントカ教授が来るんでしょ」
行人「ああ、大河内先生はお父さんの恩師だから、進路の相談に乗ってもらいなさい」
綴「（興味なさそうに頷き）」
行人「お前のためにわざわざお見えになるんだから、失礼の無いようにするんだぞ」
綴「はい。もういい？　宿題あるから（と、席を立ち）」
行人「……（やれやれ、と目で合図し）」
千葉「牧山くんも宿題ちゃんとやんなさいよ」
牧山「えッ、あ、ハイ……」

6　ビル・通用口～パティオ（N）

扉の向こうから微かに音楽が聴こえる。
パティオへ続く廊下を進み扉を開ける晴道、思わず足を止める。
踊る詩。自由と生命力に溢れた即興のダンス。
晴道「……（見つめ）」
詩、「ハッ」と振り返り——晴道の姿を見るや否や、逃げようとする。
晴道「あっ……ちょっと……（待って）！」

7　同・防災センター（N）

戻ってくる晴道。

コッシー「あ、おつかれっすー」

モニターにまだ映っている詩を見るコッシー。

コッシー「え、アレ？　いいンすか？」

晴道「いーのいーの（と、受け流し）。それより落とし物届いてなかった？　なんか青い髪留めらしいンだけど」

コッシー「いや、見てないっスねー」

晴道「あそう。……（と、ふと立ち止まり）あー、あとそれってさ、なんか傍受的なアレは可能なワケ？」

と、コッシーの無線受信機を示す晴道。

コッシー「（察し）え。え、まさか」

晴道「なに」

コッシー「探そうとしてないスよね？　無数に飛び交うタクシー無線の中から、一瞬見かけただけの、他人の空似かもしれない初恋の相手を」

晴道「……（コクリ、と）」

コッシー「マジで云ってンすか⁉」

晴道「できんのできないの」

コッシー「（呆れ）……できなくはないっスけど。砂漠の中から針探すようなモンですよ。それに、今は全部の交信が聴けるってワケじゃ……」

晴道「いーから早くおしえろっ」

コッシー「あっちょっ、勝手に弄ンないでくださいよ〜。大体、声だけでわかりっこないじゃないですか」

晴道「……わかるよ。声聴きゃわかンの」

強い眼差しでコッシーを見る晴道——。

コッシー「（思わず気圧され）……ハイハイ、札幌《ココ》はたった200万の市民が住む都市ですからね。運命なら出会えるのかも」

晴道「おお（と、真に受け）」

コッシー「……聴くだけっスからね。絶対悪用しちゃダメっスからね！」

晴道「おお（嬉々として）」

コッシー「……（不承不承に）じゃまずスイッチ入れて……」

　レクチャーを受ける晴道。

8　〈日替わり〉タクシー営業所・ガレージ

　休憩中、同僚のおじさん達とボウリングの練習をしている也英。サムホールに息を吹き入れ、華麗なフォームで投球すると、全てのピンが倒れる。

也英「イエス！」

　「ウェーイ！」と盛り上がる一同。

　茄子田とハイタッチする也英。

茄子田「也英ちゃん、腕上げたね〜」

也英「えへへー。YouTubeで研究してますから。今のは70年パーフェクトゲーム達成の時の、中山律子さん風です（と、ご機嫌で）」

茄子田「なに。なんか良いことでもあった？　コレ（男）か？」

也英「ふふふー、まぁ。（と、意味ありげに）あ、旺太郎さん、次は勝ちにいきますから」

　と、『ボウリング部・月例会』の貼紙を示す也英。

旺太郎「お、じゃあ週末あたり自主練行っとく？　アベレージ193の占部旺太郎が個人レッスンいたしますよ」

　と、投球フォームをする旺太郎。

也英「あー（と、ちょっと考え）いいですよ。いいですね」

旺太郎「……えっ!!?（と、投球フォームのまま固まり）」

　と、事務員・紅林《くればやし》繁実《しげみ》が顔を出す。

紅林「野口さーん、10分後に日の出ビル行ける？」

也英「あ、は〜い。じゃいってきまーす（と、乗務に戻り）」

旺太郎「……え、え、え、え、今なんつった？　ドッキリ？　ドッキリじゃなくて!?（と、口を覆い）」

　「ウェーイ」と囃す同僚達を疑いながらも喜ぶ旺太郎。

　茄子田、鼻歌まじりに乗車する也英を見て。

茄子田「こりゃーなんか良いことあったな」

9　**ビル・防災センター～喫煙所～立ち食い蕎麦屋～中島公園（点描）**

配車センターの司令と、それに応答するタクシードライバーの声が雑音混じりに聴こえてくる。

無線の声「……102号車、南2西14交差点信号を右、3軒目オダ様」

晴道「おおっ、聴こえた！」

携帯無線受信機に耳を傾ける晴道。

コッシー「まァでも、実際会ったら幻滅するかもしれませんよ～。初恋ってだけで美化されちゃってる的なとこあるじゃないスか。並木さんと同級生ってことは、お相手もそれなりにお年を召されて……（と、揶揄し）」

晴道「あーもーうっさいなー。アッチ行ってなさいよ」

コッシーを追っ払い、無線の音に集中する晴道。

×　　×　　×

喫煙所で煙草を吸いながら受信する晴道。

×　　×　　×

蕎麦を啜りながら受信する晴道。

×　　×　　×

無線を聴きながら、ふと振り返る晴道――。

也英の声「並木くん！」

10　**〈回想1998年12月～99年・冬〉街角～湖～海岸（点描）**

（Match．C）――その声に振り返る晴道。

初めてのデートの日、ワンピースを着てやって来た也英が輝く笑顔で手を振り。

晴道「……（思わず見惚れ、ガン見し）」

也英「……やっぱヘン？」

全力で首を振る晴道、その可愛さに頬を緩め。

×　　×　　×

冬、湖でスケートする也英と晴道。

滑りながら、どちらからともなく手を繋ぐ。

×　×　×

夏、水着姿の也英、晴道、凡二、ノン子が走って湖にジャンプする。

泳ぎ終わり、ジャンケンで勝った順に好きな味のアイスキャンディーを選ぶ4人。

也英、敗けて渋々残り物を食べていると、アタリがでる。

也英「……うそっ！　……これって運命かも！」

感激して晴道とハグする也英。

ノン子「出たー。いつもそれ言うー（と、笑い）」

凡二「やっすい運命だなー（と、笑い）」

也英、写ルンですで、アタリの棒と写真を撮る。

×　×　×

冬、海岸沿いを歩く也英と晴道。

晴道の声「人が一生のうちに何かしらの接点を持つ人と出会う確率は20万分の1なんだって」

地面に20万（0が5つ）分の1と書く晴道。

晴道「で、ちょっと顔見知りのヤツってなると200万分の1（分母の0を1つ増やし）、そっから親しくなるのは2千万分の1（0を1つ増やし）、ダチって呼べるのが2億分の1（0を1つ増やし）で、親友はさらにその20億分の1（0を1つ増やし）」

也英「へぇー」

晴道「そンで、最愛の人と出会うってなると、その確率は……60億分の1になるわけ」

也英「おぉー！　……あ、でもそれって人生80年として、自分が生まれる確率、親とそのまた親が出会う確率を勘案すると……（と、生真面目に）」

晴道「まーそーゆー細かいことはいいンだって。とにかく奇跡ヤバくない？　ってこと」

「ココの」と、ふたりの間を示す晴道。

也英「……（コクリ、と頷き）うん、ヤバいね。奇跡ヤバい」

フッと笑ってくっつくふたり――。

11

〈回想明け・2018年7月〉ビル・防災センター

(N)

居眠りしていた晴道が、無線受信機のハウリング音にビクッとする。眠気眼で、無精髭をボリボリ掻く。

無線の声「‥‥もう1度お願いします」

と、遠くに聴こえる雑音混じりの声に我が耳を疑う。

無線の声「232了解。北8条通りちょっと混んでるので、15分ほどかかるとお伝えください」

ガバッと起き上がる晴道。

同じく隣でウトウトしているコッシー。

晴道「ちょっ、コッシー！　起きて!!（と、揺さぶり）」

それはほかでもない、也英の声だった――。

12

〈日替わり〉ボウリング場前

激しい雨が降り、時折雷鳴が轟いている。

也英が待ち合わせ場所にやって来ると、旺太郎がずぶ濡れで佇《たたず》んでいる。

よく見ると、眼鏡が壊れてツルにテープが巻かれている。

也英「あ、旺太郎さん？（と、傘を差し出し）」

旺太郎「‥‥ゴメン！　今日の自主練のための、自主練のし過ぎで‥‥」

と、サポーターを巻いた手を掲げる旺太郎。

旺太郎「医者から1ヶ月間NOボウリング宣告されちゃって‥‥（と、項垂れ）」

也英「‥‥全然、それは。え、ていうか大丈夫ですか？」

旺太郎「ああ、うん平気。ただの腱鞘炎だから。平気なんだけど‥‥あークソッ‥‥昔からこうなんだ。高校の修学旅行は集合場所ではしゃいで骨折、センター試験は盲腸で浪人。いつもここぞって時にしくじってスカを食う‥‥不運、不遇、受難と書いて占部旺太郎です。ハハハ（と、自虐で）」

也英「……（見ており）」
旺太郎「雨はひどいし出掛けに眼鏡落とすし。せっかくの休みなのに、なんかホントごめん。……あ、どうする？　今日」
也英「……さっきそこで、若いお兄さんに声掛けられたんですけど。熟女キャバクラの勧誘で」
旺太郎「え」
也英「で、無視して歩いてたら『お姉さん、よく見たら熟女じゃなかった。半熟だ』って。うまいこと言うなぁと思って（と、笑い）」
旺太郎「全然うまくないですけどね」
也英「なんか1周回って褒められてる気がして。あと昨日、すき家でとろ〜り3種のチーズ牛丼頼んだんですけど、まさかの高菜明太マヨ牛丼出てきて」
旺太郎「はい」
也英「食べたらおいしかったです」
旺太郎「それは、よかったです。……えっと、はい、ごめんなさい。ボクがグダグダ言うから。なんかお詫びに飯でも、って言っても今からじゃろくな店ないだろうけど……」
也英「じゃあ今から思ってることの逆のこと言うゲームしません？　あー雨で……靴下までべちょべちょで気持ちいいなー！」
　と、突如旺太郎に傘を渡し、雨に濡れる也英。
旺太郎「……（えッ、と）」
也英「空気は澄んで、お肌も潤って一石二鳥だなー。はい、どうぞ」
旺太郎「……（笑ってしまい）えー、あ、さっきコンビニで傘盗まれたけど、どこぞのクソ野郎のお役に立ててよかったー」
也英「その調子ー（と、笑ってパチパチ拍手して）」
旺太郎「（傘を閉じ、ヤケクソで）あー腕腫れてンなー死んでない証拠だなー」
　ケラケラ笑いながら、ずぶ濡れで歩き出すふたり。

13　タクシー営業所前～談話スペース

雨の中、也英の会社へやって来る晴道。
『熒星《けいせい》交通』の看板を見ると、襟を正し「ふー」と気合を入れる。

×　×　×

紅林に声を掛ける晴道。
晴道「あのースイマセン、こちらにいらっしゃる女性ドライバーさんのことで伺ったンですけど」
お茶を飲んでいた茄子田が反応する。
茄子田「あー、也英ちゃんのこと?」
晴道「あっ、そうです! その人です。今ってその人……」
茄子田「今日は……(壁のシフト表を見て)あー非番だね。休み」
晴道「(拍子抜けし)……あ、そうスか」
晴道、『野口也英』と書かれたプレートを見つめ。
紅林「失礼ですがどのようなご用件で……(と、怪訝そうに)」
晴道「あ、いいえ。結構です。どうも」
会釈し足早に立ち去る晴道。

14　炉端焼き屋(E)

カウンターで飲む也英と旺太郎。
也英「ぷはー(と、美味しそうにビールを飲み)」
ふたりの元へ、焼きたての海老が運ばれる。
也英「あ、エビどうぞ」
旺太郎「あ、ボク、エビ駄目なんで(どうぞどうぞ、と)」
也英「え、こんなにおいしいものが?」
旺太郎「幼児体験で。昔飼ってたザリガニに鼻食べられそうになって。ボクも嫌いだけど、エビもボクを嫌いだと思うんで」
也英「あ、じゃいただきます。……ん~(と、悶絶し)」
旺太郎、その横顔を嬉しそうに眺め。
也英「(エビを頬張りつつ)旺太郎さんはなんでウチの会

社に？」

旺太郎「あー、大学は史学科で木簡の研究してたんだけど」

也英「モッカン？」

旺太郎「あ、うん。木簡ってこんな（と、画像を見せ）木でできた昔のメモ書きみたいなモンなんだけど。まぁ、でもこんなのは就職活動にはなんの役にも立たなくて。ほら、ボクらってロスジェネ世代でしょ。新卒の面接で100社落ちて、頑張っても努力が足りないって言われ続けて」

也英「あー」

旺太郎「で、やっと内定もらった会社で、自分より30も上の社員さん達にリストラ宣告するっていう報われない仕事任されて。半年分の定期券買ったその日に、処刑リストの最後のページに自分の名前が載ってたってオチ（と、自嘲し）」

也英「……」

旺太郎「でも今はこれが天職って気がしてる。タクシーってお客さまの生の声が聴けるでしょ。ボクが木簡を好きなのは、後世に残す事を目的としてないってとこで。だからこそ、古の名もなき人の生の声が伝わってくる。『嫁の飯がマズイ』とか『上司がキツイ』とかね（と、笑い）」

也英「書いた人は、まさか千年後に掘り返されるなんて思ってなかったでしょうね（と、笑い）」

旺太郎「そうそう……」

と、神妙な面持ちで海老のお頭と相まみえる旺太郎。

旺太郎「……ちょっといってみようかな、エビ」

也英「え、大丈夫ですか」

旺太郎、目を瞑り「えいっ」と海老を口に入れる。

也英「……どうですか」

旺太郎「(もぐもぐと味わい) あーそゆことね、ハイハイ……（と、海老と対話し）うん、嫌い、じゃない……むしろ好き方向」

也英「えっ、ホントですか？」

旺太郎「……（食べ終えて口を拭き、頷き）もし、ボクの周りに也英ちゃんくらいエビを幸せそうに食べる人がいたら、もっと早くに分かり合えてたかも」
也英「そんな出てました？　エビへの愛（と、笑い）」
旺太郎「也英ちゃんは？」
也英「え？」
旺太郎「どうしてこの仕事に？」
也英「……（首を傾げ）話すほどのことは（と、ビールを飲み）」
旺太郎「でもなんかあるでしょ。人生に影響を及ぼした出来事とか、運命のめぐり合わせとか。ほら、人ってやっぱり出会いや想い出でできてるわけだし」
也英「……」
旺太郎「……（ん？　と）」
也英「……ただの結果です。出会いはただの偶然。わたし、運命とか信じない主義なんで」
旺太郎「（ちょっと意外に思い）……うん。や、でも、例えば『タイタニック』は？　ローズにとって、ジャックはやっぱり運命の人なわけじゃない？」
也英「ごめんなさい。わたし、その映画観てないので（と、苦笑し、店員に）スイマセン、もう1杯いただけますか」

旺太郎、也英の口ぶりと表情が少し気にかかり。

15　晴道のマンション（E）

恒美「おかえりー」

晴道が帰宅すると、同棲している恋人・有川恒美(34)がビール片手に『タイタニック』を観ている。

恒美「あーなんで沈むってわかっててこんな泣けるンだろー」
晴道「……」
恒美「（ちーんと、鼻をかみつつ）どこ行ってたの？」
晴道「あー、ちょっと」

晴道、画面を見つめ——。

16

〈回想・1998年12月〉映画館前

クリスマスシーズンで賑わう街。
初デートで『タイタニック』を観に来た也英と晴道。
その年の記録的なヒット作に、映画館には長蛇の列ができている。

晴道「やっぱ『アルマゲドン』にしない？」
也英「いいから騙されたと思って観て！」
晴道「けどもう5回観たんでしょ？」
也英「5回目が1番泣けたもん！」
晴道「最初から沈むのわかってて泣くかー？」
也英「だって好きなんだもーん」

17

同・劇場内

立ち見が出るほど満席の場内。
客船の甲板の先で両手を広げるジャックとローズ。
ぎゅうぎゅう詰めの通路の階段に坐り、スクリーンに目を輝かせる也英。
その隣で、劇場にいる誰よりも号泣している晴道。

18

同・付近の広場

歩きながら話す也英と晴道。

也英「えームリムリムリ、絶対やらない」
晴道「いや、やる」
也英「やらない！」
晴道「やる!!」

晴道、ちょうど良い手摺を見つけ也英の手を引く。

也英「あっ……ちょっと……」

両手を広げあのポーズを再現するふたり。

晴道「All right...Open your eyes.」
也英「I'm flying...Jack!（と、意外にノッて）」

通行人がふたりを避けて通る。
「ギャー」と笑い転げながらやり逃げするふたり。

19

〈回想明け・2018年7月〉晴道のマンション(N)

映画のエンドロールが流れている。
恒美の隣に坐り、ぼんやりと画面を眺めている晴道。
恒美が晴道の肩に頭を凭れ掛ける。
晴道、画面を見つめたまま恒美の肩を抱く。

20

〈日替わり〉ビル・パティオ(E)

巡回する晴道。制服姿の綴がポツンと坐っていることに気付き、懐中電灯の光を当てる。

綴「(ハッとして)……」
晴道「ココ、関係者以外……」
綴が大事そうに持っていた青い髪留めに気付く晴道。
晴道「あ、それ……ここ落ちてたやつ?」
綴「いえ……(と、引っ込め)」
晴道「預かっとくよ」
綴「いいです」
晴道「いいって」
綴「いいです違います(と、ムキになり荷物をまとめだし)」
晴道「……(その慌てぶりに事情を察し、面白くなってきて)あの子、今日は来ないよ」
綴「……(え、と)」
晴道「(ソレ、と髪留めをチカチカ照らし)来るンなら俺のシフトの時に来な。絶対とは言えないけど、次は土曜の夕方」
綴「……(戸惑い)」
晴道「ガッコーはちゃんと行けよ。俺みたいになっちゃうから(と、自嘲し)」
綴「……(立ち去る晴道を目を丸くして見つめ)」
廊下へと続く重いドアを開ける晴道——。

21

〈回想・1999年5月〉也英の高校・屋上(昼休み)

（Ｍａｔｃｈ．Ｃ）――屋上へと続く重いドアを開ける晴道。購買で買ったパンとジュースを持って屋上へ出ると、先に来ていた也英がＣＤプレーヤーで音楽を聴きながら、陽気に頭を揺らしている。

晴道「……（可愛く思い）」

晴道が背後から近付くと、晴道を見上げながら片方のイヤホンを分ける也英。プレーヤーから流れているのは『First Love』だった。

晴道「まーたこれ聴いてンの？」

也英「だって……」

也英・晴道「好きなんだもーん（と、ハモリ）」

也英の口癖を真似する晴道に、口を尖らせる也英。

也英、曲がサビに入り、歌詞を薄く口ずさむ。

也英「♪You are always gonna be my love　いつか誰かとまた……」

その唇をキスで塞ぐ晴道――〈言葉を失った瞬間〉だった。

長いキスの後、見つめ合うふたり。

也英「……タバコの味（と、照れて）」

晴道「フレーバーと言いなさい（と、照れて）」

はにかむふたり。

22

〈２０１８年７月〉向坂家・綴の部屋～階段～綴の部屋

綴、Ｍａｃやドラムパッドをリュックに詰め込んでいると、階下から行人の呼ぶ声がする。

行人の声「綴ー、大河内先生お見えになるから降りてきなさい」

急いでリュックを背負い、窓を開ける綴。

×　　×　　×

行人「……綴？」

不審に思い、２階へ上がる行人。

行人「綴！」

行人が綴の部屋のドアを開けると、窓が開け放たれ、綴は居なくなっている。

行人「……（と、溜息をつき）」

23　ビル・エントランス～通用口～パティオ

足早にやって来る綴。

通用口から忍び込み、巡回中の晴道と合流する。

晴道「（来てる、と合図し）」

×　×　×

晴道と綴、歩いていると前方から同僚警備員・長《なが》友庸三《ともようぞう》(65)がやって来る。

慌てて隠れる綴。

晴道「あー、あと自分回っときますンで」

長友「おーそうか？　サンキュサンキュ」

長友が立ち去ると、再び晴道と合流する綴。

長い通用口を抜けて扉を開けると、そこには踊る詩がいた——凛とした表情、躍動する躰。

その魅力に綴の胸が激しく高鳴る。

綴「……（立ち尽くし、詩のダンスに釘付けになり）」

晴道「……（綴を横目で見て微笑み）」

×　×　×

踊り終え、晴道に気付く詩。
詩「……あ、ハルミチ！（と、手を振り）」
一転し、屈託のない笑顔でこちらへやって来る詩。
詩「さっき守衛さんに見つかりそうになって超焦ったー」
晴道「あー、長友さん？　ポニーテールの？」
詩「ポニーテールだった！（と、ケラケラ笑い）」
すっかり晴道と打ち解けている詩。
綴「……（と、盗み見ており）」
詩「ね、そーいえば言ってた髪留めあった？」
晴道「あーそれなら……（と、綴を促し）」
綴、リュックからハンカチに包んだ髪留めを出し、そっと差し出し。
晴道「あー、コイツ……名前なんだっけ？（と、綴に）」
綴「……綴。向坂綴」
詩、髪留めを受け取り、髪を束ねながら。
詩「アタシ詩、16。ダンスやってるけど、自分をカテゴライズするのは好きじゃないから、あえて肩書き付けるとしたら〈表現者〉かな」
綴「(既知の如く頷き)尊敬する人は山口小夜子さん、最近はYouTubeで見つけた90年代の表現に心惹かれて、今日は前髪切り過ぎて朝からちょっとブルー」
詩「……(と、ちょっと怪訝な顔で)きみストーカー?」
綴「(慌てて首を振り)8ヶ月前からインスタフォローしてて……アカウント名は『ourson 627』(と、ボソボソと)」
詩「……え、ウソ! ウルソン? いつも1番に『いいね』してくれるあのウルソン?」
綴「……(と、真っ赤な顔で頷き)」
詩「(ニッコリ笑って)ありがとう、ツヅル!」
綴の目を見て、きゅっと手を握る詩。
綴「……!!(目を逸らし、全力で首を振り)」
晴道「ウン、なんかよくわかンねーけど、おめでとう(と、ふたりの手に手を置き)」
詩「あ、ヤバっ、バイト行かなきゃ! ハルミチ次はいつ?」
晴道「あー、木曜かな。昼はポニーテールいるから、夜ね」
詩「オッケー! ありがと!(と、弾ける笑顔で駆けてゆき)」
綴、その背中をぼんやり見つめ。
晴道「口開いてる」
綴「!!」
笑って綴の髪をくしゃくしゃにする晴道。

24 向坂家・玄関〜階段〜綴の部屋(N)

綴「ただいま」
綴、帰宅すると、激昂《げっこう》した行人が出てくる。
行人「こんな時間まで何処行ってたんだ! 大河内先生ずっと待ってらしたのに……」
綴「ごめんなさい!(と、頭を下げ)」
言いながら、逃げるように階段を駆け上がる綴。

行人「おい綴！　まだ話終わって……」
綴「ごめんなさい反省してますごめんなさい……」
　だが、顔が完全に笑っている。
　綴、自室に入ると、クッションに顔を埋めて叫ぶ。
行人「（変な雄叫びが聞こえ、……と）」

25　〈日替わり〉同・綴の部屋（N～D・点描）

　新任の家庭教師・峯《みね》田《た》眞一《しんいち》(21)が、綴に数学を教えている。
峯田「$\sqrt{2}$が無理数であることを、背理法で証明するには……」
綴「あっ……」
峯田「え？」
　綴、突如楽曲のインスピレーションが湧き上がり、その辺の付箋紙にアイデアを書きつける。
綴「あ、スイマセン……（と、問題集に戻り）」
峯田「……まずは命題を否定し、$\sqrt{2}$を有理数とする。つまり互いに素な自然数a.bを用いて$\sqrt{2}$＝b/aと仮定して……」
綴「あっ……」
　と、また付箋紙に書きつける綴。
綴「……スイマセン（と、問題集に戻り）」
峯田「（ムッとしつつ）……両辺を二乗して、2＝a二乗分のb二乗となるから……」
　綴、熱心に問題を解くフリをして、解答欄に譜面を書いている。
峯田「……（呆れ）」

×　　×　　×

　ヘッドホンで音楽を聴きながらノリノリで踊る綴。
　ノックに気付かず、美津香がドアを開ける。
美津香「あ……綴くん、ごはん」
　綴、慌てて机の前に坐り、参考書を開く（逆）。
綴「あ……ハイ（赤面）」

×　　×　　×

　完成したトラックを流し、高揚感に包まれる綴。

綴「……（と、誰かに聴いて欲しくなり）」
『別に聴かなくてもいいけど』とテキストを打ち、曲と共にメッセージを也英に送信してみる。

綴「……（反応が気になり）」
ややあって、メッセージの通知が届くと、秒速で開く。
ありったけの絵文字で埋め尽くされ、感激を伝える也英からのメッセージ。

綴「……ククク（と、嬉しさがこみ上げ）」
続いて『ママが独り占めするなんてもったいないよ。世界中の人に聴かせてあげたいくらい!!』と受信。

綴「……（ほう、と）」

26

〈日替わり〉タクシー営業所・談話スペース

お弁当を食べながら、綴の曲を聴いている也英。
と、湯を入れたカップ麺を持って通りかかる旺太郎。陽気に頭を揺らす也英を見て、恋の進展を確信し。

茄子田「どうなのよ～最近（と、也英を顎で示し）」
旺太郎「や、まぁ熱々っスね（と、のろけ）」
茄子田「ク～（と、旺太郎を肘で突き）」

27

〈日替わり〉市電停留所前・スクランブル交差点（E）

月1の面会日、綴がやって来てキョロキョロと辺りを見回す。と、待っていた也英を見つけ二度見する。

綴「……（と、見つめ）」
也英、綴からプレゼントされたカーディガンを着てお洒落し、恥ずかしそうにちいさく手を振っている。
咄嗟に目を逸らし、ボソッと呟く綴。

綴「……ほら。だから言ったじゃない（可愛いって）」
也英「（聞こえず）え？　ナニ？　やっぱヘン？」

ワンピースの裾を押さえて焦りだす也英。
照れ隠しでズンズン歩き出す綴。
也英「(慌てて追いかけ) あっ、ちょっと！ 待ってよ！」

28 レストラン (E)

食事する也英と綴。
也英「『The cruellest month』って曲、あれすっっごい良かった！ あとアレも好き……」
綴「『窮鼠の夢』でしょ」
也英「え！ なんでわかったの」
綴「それぐらいわかるよ (と、微笑い)」
也英「えーなんかくやしい。でも意外にアレも好きだよ。待って言わないで」
綴・也英「『プラネテス』」
也英「…… (と、当てられて口惜しがり)」
綴「(ククと笑って) わかりやすっ」
也英「……で、どうだった？ 実際会ってみて」
綴「ん……ステキだった。『いいね』ってボタンあったら、千回押したい感じ (と、照れて)」
也英「そんなに!? (と、微笑って)」
綴「……ありがとう」
也英「(ん？ と)」
綴「名前。誰かに自分の名前呼ばれて、初めて嬉しいって思った」
也英「…… (嬉しくて)」
綴「なんで付けたの？ 綴って」
也英「……子供って自分で名前を引き寄せるんだって。だからかな？ 初めて綴の顔見た瞬間、決まった」
綴「……そっか」
よく笑いよく食べる綴。
也英、幸せに浸り。

× × ×

也英、デザートのメニューを見ていると、綴がスマホを気にしていることに気付く。
也英「…… (見ずに) 今日は練習してないの？ あの子」

綴「（スマホをさっと仕舞い）やってるっぽいけど今日は
いい」
也英「どうして？」
綴「別に。ママと過ごす日だし」
也英「……（いじらしく思い）えー、ママ観たい映画ある
から行ってきなよ」
綴「ハ？ 今から？（と、訝《いぶか》しがり）」
也英「ママどーしてもアレ観たいの、アレ……アベンジャ
ーズ（適当）」
綴「……マジで？」
也英「9時に迎えに行くから。そっちはそっちで楽しんで。
ほらっ、ハイハイじゃーねー」
と、半ば強引に綴を送り出す也英。
「ふー」と溜息をつき、「ちょっと強引だったか
な」と苦笑いする。

29

ビル・パティオ（N）

詩のダンスを見ながら、トラックを手直しする綴。
詩、途中でドリンクを取りに来て。
詩「何聴いてるの？（と、ふいに覗き込み）」
綴「（驚き、ヘッドホンを外して）あ、イヤ、別に……」
綴、Macを閉じて恥ずかしそうに目を逸らす。
詩「（フッと微笑い）今度聴かせて」
綴「……あ、うん（と、頷き）」

30

通り沿いのファーストフード店（N）

ひとり時間を潰す也英。ガラス越しに見える賑や
かな人波を眺め、ちょっとセンチメンタルになる。

31

ビル・防災センター（N）

日報を書く晴道。
モニターに映る綴と詩を見て、微笑ましく思い。

32

ビル前・並木道（N）

約束の時間になり、ビルの近くへ綴を迎えに行く
也英。前方から楽しそうな話し声が聴こえてくる。

綴「（也英に気付き）あっ、こっち！」

也英、手を振って近付く。
綴、一緒に歩いていた晴道に何かを告げる。
晴道、也英に気付き、ハッとして足を止める。
その瞬間、交わる也英と晴道の視線。
期せずして再会を果たすふたり――。

綴「あ、ハルミチ、母です。こないだ話したハルミチ」

晴道「……（と、言葉を失い）」

也英、ゆっくりと歩み寄り――。

也英「はじめまして。綴の母です。いつも綴がお世話になっております（と、まるで初対面のように丁寧にお辞儀し）」

その瞬間、様々な感情と記憶が去来し晴道の胸を揺さぶる。呼吸が早まり、その場から動けなくなる。

也英「……？」

綴「……ハルミチ？」

晴道「（その情動をどうにか押し殺し）……あ、いえ。……どうも（と、視線を泳がせ）」

綴「じゃ、ハルミチまたね」

晴道「……あぁ」

也英、少し不審に思いながらも、会釈して歩き出す。

綴「どうだった？　アベンジャーズ」

也英「んー、みんな死んだ（適当）」

綴「えッ？　死ぬの？　アベンジャーズなのに？」

などとお喋りしながら去ってゆく母子。
その後ろ姿を見つめる晴道。やがてその眼が涙で滲み、静かに頬を伝う――。

〈Ｅｐ＃２　ＥＮＤ〉

Episode #3　ナポリタン

1
——〈avant・2001年3月〉都心・也英のアパート
——（D~N・点描）

T『TOKYO, March 2001.』

上京した也英(18)の超狭小アパートに、引っ越し屋がベッドを搬入する。だが、玄関が狭すぎて突っかかり、縦にしたり斜めにしたりする。

引っ越し屋「あーあダメだこりゃ。お客さん、コレ全然入りませんね」

ダンボールが積まれた部屋から顔を出す也英。

也英「あー……」

× × ×

新生活が始まる。細長すぎる廊下で、中国人のルームメイト・陳麗君《チンリージュン》とお見合いになり、笑いながらお互い極限まで壁にへばり付く。
也英「ブーハオイースー（すみません）」
陳「おそれいります」

× × ×

2段ベッドの上段で繰り広げられる、陳と電話相手との壮絶なケンカ（中国語）に戦々恐々とする也英。

× × ×

真新しい携帯電話を耳に当てながら帰宅する也英。

也英「あ、もしもし、今帰ったとこ。（電波を確認し）あっ、ちょっと待ってね」

部屋干しの洗濯物を暖簾のように分け入り、ベッド下段の僅かなプライベートスペースに辿り着く。

也英「ウチのアパート、電波悪くって」

窓を開けアンテナをかざすと、電波がバリサンになる。建物の間に、冗談みたいに小さな空が見える。

也英「あっ、繋がった。元気？　うん、うん、なんとかやってる。コッチは部屋狭くって、陳さんとお互いもうちょっと痩せなきゃねって話し合ってたとこ（と、クスクス笑い）……ハルミチもそろそろだね」

也英、ベッド脇の晴道との写真を愛しげに眺め。

也英「……そっちはどう？　……うん、そっか。……星？

　星は・・・全然見えないな。空なんて3cmしかない」
　　と、親指と人差し指で空のサイズを測る也英。
也英「うん。がんばる。ハルミチも――」

2

〈2018年7月〉也英のアパート・洗面所

　洗濯機とにらめっこしている也英。「ガタガタ・・・」という異音がする洗濯機を「えい」と叩いてみると、静かになって動き出しホッとする。

3

〈2001年3月〉並木家・洗面所

　鏡の前に立ち、気合いを入れる晴道。と、おもむろにバリカンで短く髪を刈る。
　シャバとのお別れの時。

4

〈日替わり・4月〉山口・防府北基地・隊舎居室〜広場〜教場〜演習場（EM〜・点描）

　航空学生として着隊した晴道。
　AM6時、起床ラッパで飛び起きる。
　×　×　×
　直ちに整列、点呼、敬礼、上半身裸でランニング、間稽古、課業行進を行う。
　×　×　×
　眠そうに学科授業を受ける晴道。
　×　×　×
　慣れないアイロン掛けに四苦八苦する晴道。
　×　×　×
　整列中、晴道が気を緩めると、助教・依田《よだ》三曹の怒号が飛ぶ。
依田三曹「オラ、並木!!」
晴道「（ビクッとして）ハイ！　並木学生！」
依田三曹「人が前立ってンのに何ヘラヘラしてンんだオメーはァ！」
晴道「スイマセン！」
依田三曹「謝って済めば戦争起こンねーんだよ！」

晴道「スイマセン!!」

5　同・隊舎廊下～乾燥室～広場（N）

PM9時半、自習終了ラッパが鳴ると、我先に預けていた携帯電話を取りに行く晴道。

×　×　×

僅かな自由時間を見計らって也英に電話する。

晴道「あ、もしもし俺だけど。どう？　そっちは。へーそっか。コッチ？　コッチはほぼ地獄……（と、楽しそうに笑い）」

一時の安らぎ。だがすぐにタイムリミットがくる。

晴道「あー悪りィ、もう切ンなきゃ。また御指導賜っちゃう」

也英の声「うん、わかった……でもタイムリミットあるなんて、ウルトラマンみたいでカッコいいよ」

晴道「……（キュンとして）おぉ。ありがと。また電話する。うん、おやすみ……（と、名残惜しそうに電話を切り）」

×　×　×

ダッシュで点呼に戻った晴道に、先任期学生・保田哲也が檄を飛ばす。

保田「おい並木ィ!!　点呼に何分かかってんだよ!!」

晴道「スイマセン!!!」

保田「口で言ってわかンねーなら体でわかってもらうよ!!　オメーら全員、連帯責任だ。屈み跳躍を実施する!」

と、同期の四元亘《よつもとわたる》が「お前……」と睨み。

晴道「（テヘペロ）」

保田「用意……始め！」

連帯責任で懲罰の屈み跳躍をさせられる後任期学生達。終わると、全員その場に死体のように転がる。

6　都心・也英のアパート（N）

小さな窓に漏れ入るネオンの光。
窓辺に星空の代わりの電飾を飾り、折紙で作った小さな紙飛行機を吊るす也英——。
T『First Love 初恋』

7

〈2018年7月〉晴道のマンション

小鳥のピッピに餌やりをする晴道。先日再会した也英のことが頭から離れず、心ここにあらずな様子。

恒美「(その様子を気にしつつ) ピッピごはん食べないでしょ」
晴道「あーうん……」
恒美「もう忘れた？　自分で20分前にあげたの (と、笑い)」
晴道「……ああ (と、我に返り)」
受け皿にあふれる餌。
恒美「(やれやれ、と) 前の職場の人に聞いたんだけどね、スカイエアがパイロット募集してるんだって。ほら、今って世界中でパイロット不足らしいじゃない。晴道も自衛官辞めて今年で……3年？　年齢的にも丁度いいタイミングだし、民間で再挑戦してみるのもアリなのかなー？　って」
と、洗濯物を畳みながら努めて明るく促す恒美。
晴道「……あーそうね (と、素っ気なく)」
恒美「…… (暖簾に腕押しな気分で)」

8

〈回想・2001年4月〉防府北基地・隊舎居室 (自由時間・N)

晴道が電話をしに行こうとすると、四元が読んでいたエロ本を差し出す。
四元「あ、並木。どうよ？　夜の射撃訓練は (と、ニヤけ)」
白い下着とたわわなおっぱいが眩しいグラビアを目視する晴道。

晴道「（うむ、と）よろしい。ちょっとコレ（女）にコレ（電話）だから。後で（貸せ。と、ジェスチャーし）」

いそいそと部屋を出てゆく晴道。

9　同・隊舎表／コインランドリー（自由時間・N）

いつものように也英に電話をかける晴道。

晴道「あ、もしもし俺。何してた？」

也英の声「あっちょっと待って。今、コインランドリーにいて……」

也英、話しながら洗濯物を洗濯機に入れる。硬貨を投入し、洗濯機が回りだすと「ふー」と腰を下ろす。

也英「あ、ゴメンね。ココがいちばん近くて便利なんだけど、実は先週とその前の週に……（声を潜め）パンツ泥棒に遭っちゃって。まだ犯人捕まってないらしいから、放ったらかしってワケにいかなくて。いちばんお気に入りのやつだったのにもうショック（と、口を尖らせ）……あ、もしもし？　ハルミチ？　アレ？　おーい」

晴道「……（怒りで顔がみるみる赤くなり）」

10　同・廊下〜居室（N）

憤然として廊下を歩き、居室に戻る晴道。

四元「おぉ、並木、はいコレ（と、エロ本を差し出し）。射撃用意！　つって（と、おちゃらけ）」

晴道「（睨み）こんなモン見てンじゃねー!!」

と、ブチ切れてエロ本を投げ捨てる。

晴道「この変態がっ！（と、吐き捨て）」

四元「……（射撃ポーズのまま、目が点になり）」

11　〈日替わり〉也英の大学・キャンパス〜講堂（点描）

オシャレなキャンパスで学生生活を謳歌する也英。

同じ英文科の友人・君津菜七子《きみつななこ》と小暮希子《こぐれきこ》が合流

する。

きっこ「オッハー。授業決めた？」

也英「まだ全然。色々あり過ぎて迷うー」

菜七子「アタシは美学と文化人類学概論。1ミリも興味ないけど」

きっこ「どーせ町田先輩目当てでしょ」

菜七子「てへ。え、てか也英、パーマかけた？」

也英「あーうん、お店の人に勧められて。……やっぱヘン？」

菜七子「全っ然。超いいじゃん」

きっこ「うん。やっと文明に追いついたって感じ」

也英「ちょっとー（と、突っ込み）」

菜七子「也英はもうちょっと色気付かないとねー」

也英「そうかなー？」

キャッキャしながら歩く3人。

×　　×　　×

也英、席につくと英文学の講義が始まる。

後ろの席のきっこがバッグから数枚のCDを取り出す。

きっこ「あ、也英、コレありがとね。1枚中身入ってないのあったけど（と、笑い）」

也英「えっ、うそ。ごめーん」

空っぽのCDケースを受け取る也英。

也英「（ジャケットを見て、ああ、と思い）」

それはいつも晴道と聴いていた『First Love』だった。也英、特に気にせずバッグにCDを仕舞う。

12 〈回想明け・2018年7月〉綴の中学校（授業中）

スマホをスクロールしている綴。SoundCloudの綴のページには自作曲がアップされている。

と、その時、新規フォロワーからのLIKEが通知される。『UTA』というユーザー名とサムネイル。綴、ビックリして思わず椅子から立ち上がり。

教師「なんだ向坂（と、怪訝な顔で）」

綴「いえ……（と、喜びを噛み殺し）」

13　小箱のDJラウンジ

緊張気味にやって来る綴。
カウンターでバイトしている詩が気付き、笑顔で招き入れる。

詩「ツヅル！　こっち！　1杯奢るよ。ゆっくりしてって」
綴「‥‥（恥ずかしそうに頷き）」
詩「（常連に）ツヅル。ディグってたら見つけたの。彼のサウンド、マジで最高だから」
綴「いや、そんな（と、面映ゆく）」
詩、その場で綴のトラックをプレイし始める。
綴「（え！　と、詩を見て）」
コウキさん「おーっ、このトラック、ブチ上がるね」
詩「でしょ〜？（と、リズムに乗り、自然と音に身を委ね）」
綴「‥‥（嬉しくて）」
ソカベさん「ツヅル、ブレイクんとこのエフェクトって何挿してンの？」
綴「あッ、ここはValhallaのディレイを重ね掛けしてるかな‥‥いっこのディレイより、薄い2つのディレイを重ねる方が面白い響きになるから（と、徐々に多弁になり）」
音楽好きの大人達に囲まれ、居場所を感じる綴。
詩、そんな綴を見て微笑み。
綴の声「完璧なんだ」

14　〈日替わり〉ビル・屋上

牛丼を貪りながら、綴の恋バナを聞く晴道。
綴「ほかの女の子と何もかも違う。薦めてくれた音楽は最高だし、出会ったばっかかなのに完全に通じ合ってる気がする。‥‥これって運命？」
晴道「‥‥（どこかくすぐったく聞いており）」
綴「けどヘンなの。嬉しいのに吐きたい感じ。ずっと寝不足で口内炎で、ごはんも喉を通らない。ああ‥‥ボクはどうすればいいンだ（と、頭を掻きむしり）」
晴道「……（お茶を啜り）ンなモン考えたってわかるわけねーだろ。若いンだから、ココ（頭）でわかんねーことは身体の反応に従えばいーの。胸が痛くて、足が竦む、下半身はムズムズ。……残念だけどそれは、サインだよ。初恋の」
綴「……ッ！（と、顔を覆い）」
晴道「ま、歳取るとそれがフツーに病気って場合もあるけど（と、笑い）。そンくらい、初恋は無意識で突然で、誤魔化しが利かないってこと」
晴道、言いながらかつての自分を顧みて——。
掛け声「1、1、1・2、ソーレ！」

15
〈回想・2001年8月〉山奥の演習場（D〜N・点描）

戦闘訓練でハイポートを行う晴道の区隊。
掛け声「1、1、1・2、ソーレ！……」
依田三曹「銃を上げろ！」
晴道「どりゃーーーー」
と、持ち前の体力で突き進む晴道。
× × ×
迷彩ドーラン、草木で偽装し、歩哨《ほしょう》に立つ晴道。
× × ×
広大な草原を匍匐《ほふく》で移動し、射撃しながら進む晴道。
泥まみれになりながらも、めきめきと頭角を現す。
依田三曹、晴道の機敏な動きに内心感心し。
依田三曹「いいぞ並木！　その調子だ！」
× × ×
野営テントで爆睡する隊員達。
懐中電灯の灯りで、也英との写真を眺める晴道。
手を伸ばせば届くような星空を見上げ、遠い也英を想う——。

16　〈日替わり〉青山のオシャレカフェ・レストラン

お茶をしている也英と菜七子、きっこ。
菜七子「お願い!!　町田先輩にどーしてもって頼まれちゃって」
也英「ムリムリムリムリムリムリムリ（あり得ない、と首を振り）」
菜七子「ウン、そう言うと思って、もう也英の名前でエントリーしゃった（テヘ）」
也英「……（白目）」

17　〈2001年10月〉也英の大学・ミスコン会場

居丈高に並ぶ出場者達の中、恐縮気味に立つ也英。

ドラムロールが鳴りグランプリが発表される。

司会者「本年度ミス東央は…：エントリーナンバー4番、英文学部1年、野口也英さんです！」

あっさり優勝し、ティアラを授与される也英。

也英「……（大歓声の中、申し訳なさそうにお辞儀し）」

18　同・バックヤード

皆に囲まれ祝福される也英。と、茶髪の実行委員・町田峻也《しゅんや》(21)がやって来る。
菜七子「あっ！　町田先輩っ♡（と、手招きし）」
町田先輩「あー、也英っち。今日はマジサンキューね～（と、肩をモミモミし）。この後、キハチで打ち上げだから」
也英「あースイマセン、今日はちょっと…：」
菜七子「何云ってンの！　主役来ないと始まンないじゃん！」
きっこ「也英が来るとデザートおまけしてもらえるしっ」
也英「……（と、押し切られ）」

19　青山のオシャレカフェ・レストラン（N）

時計をチラチラ気にしながら、飲み会に参加する也英。
男子学生達が、すかさず両隣をキープする。
ケイスケ「也英チャン、何飲む?」
也英「……あーウーロン……」
と、町田先輩が割って入り、テキーラを配る。
イッペイ「はーい、注目! じゃ町田先輩お願いしまーす」
町田先輩「はい。えーそれではですね、我らがミス東央、也英っちに! 乾杯!」
一同「乾杯!」
ショットを一気し盛り上がる一同。
也英、合わせて飲みつつ、時計を気にして。

20 防府北基地・隊舎表(自由時間・N)

課業後、也英に電話する晴道。
だが、繋がらない。

晴道「……(しょんぼりして)」

21 青山のオシャレカフェ・レストラン(N)

男性店員が也英のためにデザート(花火とかが刺さった軽薄な)を運んで来る。
也英の隣に、次々と割り込んでくる男達。
いつの間にか背凭れに置いていたバッグから席が離れている。
也英のバッグの中で光り続ける携帯の着信ランプ。

22 〈回想明け・2018年7月〉ビル・屋上

牛丼を食べ終え、仕事に戻ろうとする晴道。
晴道「じゃ、そろそろ行くわ。(と、何気ない風を装い)あー、そういや元気? お前の、その……ママは」
綴「ウチの? ……たぶん」
晴道「何だよ、たぶんって」

綴「一緒に住んでないから。小さい時、両親離婚してボクは父親と暮らしてる」
晴道「……あ、あぁそうか。どうりで名字……（と、少なからず動揺し）」

23　タクシー車内／同・前の道路～走るタクシー車内

也英「ありがとうございました。お気を付けて」

客を降ろし、タクシーを回送にする也英。

と、前方の通り沿いで、詩がタクシーを捕まえようとぴょんぴょん飛び跳ねているのに気付く。

也英「……（あ、と）」

詩、狙っていたタクシーをサラリーマンに横取りされ、「ＦＵＣＫ！」と、中指を立てる。

也英「……（プッと、笑ってしまい）」

ちょっと迷い、詩の前にタクシーを着ける也英。

回送の表示板を見て詩が首を傾げていると、「乗れ」と合図する也英。

×　×　×

走る也英のタクシー。
詩「ふーー！　よかったー乗れて。よかったんですか？」
也英「ちょっとサボって昼寝しようと思ってただけですから」
詩「あれ？　この曲……」
と、車内のＢＧＭに敏感に反応する詩。それは綴の作ったトラックだった。
也英「……（逡巡し）綴の母です。詩さん、ですよね。息子がいつもお世話になってます」
詩「あー！（そういうことか、と納得し）」
也英「どこか（詩のトランクを示し）ご旅行ですか？」

24　〈２００１年11月〉也英の大学・講堂～居酒屋～也英のアパート（Ｄ～ＭＮ・点描）

真剣に英語の講義を受ける也英。

×　×　×

居酒屋のバイトに明け暮れる也英。

× × ×

小さな机で、遅くまで英語の勉強をする也英。

25 〈日替わり〉也英の大学・廊下〜学生課

緊張した面持ちで入室する也英。

壁には『海外留学奨学金支援制度』と書かれたポスターが貼られている。

職員「野口さーん」

也英「……あ、ハイッ！」

窓口へ行くと、職員から『海外留学採用候補者決定通知』を差し出される。

職員「おめでとう。採用です。指定の日時までに書類出してくださいね」

也英「……（目を輝かせ、万感の想いで）はい」

26 〈2018年7月〉道央自動車道を走るタクシー車内〜新千歳空港・車寄せ

バックミラー越しに会話する也英と詩。

也英「テルアビブ？ ……イスラエルの？」

詩「はい。尊敬する振付家のカンパニーがあって。これからオーディションなんです。2泊4日の強行ですけど。うまくいけば、来年のワールドツアーに参加できます」

也英「ほー……（と、目を丸くして）」

と、詩のスマホが着信する。

詩「（ちょっとすみません、と電話に出て）Emil? I managed to get a flight, so I think I can make it!」

流暢な英語で、電話相手とフランクに話す詩。

也英「……（ただただ感心し）」

× × ×

タクシーが空港のターミナルビルに着く。

詩「ありがとうございました。也英さんのお陰で人生変わるかも（と、屈託なく笑い）」
タクシーを降り、弾む足取りで駆けてゆく詩。
也英、その眩しい後姿を見つめ――。

27

〈2001年11月〉証明写真機の中

証明写真機に坐る也英。
シャッターが切られ～その写真がパスポートになる。

28

〈日替わり・12月〉也英のアパート／防府北基地・隊舎（N）

ベッドに寝転がり、晴道と電話する也英。

也英「えっ……ホント!?（と、飛び起き）」
晴道「うん！　短いけど、次の休暇でそっち行けると思う」
也英「嬉しい!!　やっと会えるんだ！　……8ヶ月ぶり?」
晴道「8ヶ月と3週と6日ぶり（と、喜びを噛み締め）。あ、そっちは？　也英のいいことってなに？」
也英「あぁ、うん……（と、迷い）やっぱ会った時話す」
也英、作ったばかりのパスポートを誇らしげに眺め。
晴道「ふーん、そっか（と、特に気にせず）」

29

〈2018年7月〉也英のアパート（E）

抽斗の奥からパスポートを引っ張り出し、パラパラと捲る也英。有効期限は『09 DEC 2006』。どのページも真っ白なままとうに失効している。

30

〈数日後〉食料品店

食材の買い出しをする晴道に、相変わらず恋バナをしに来ている綴。
晴道「ちょっ、ちょっと待って。も1回言って」

綴「だーかーらー、来週詩ちゃんが踊るイベントにボクを招待してくれて、でも行くか迷ってるってハナシ。だってまた会ったらボクが退屈な奴だってことがバレるかもだし（云々）……」
晴道「（遮り）あー、じゃなくてその前」
綴「その前？　は……ボクのトラックを詩ちゃんが気に入ってくれて」
晴道「（もどかしく）その、20秒あと」
綴「（後？　と）……母親からメッセージきて」
晴道「（食い気味に）きて？」
綴「（読んで）『ついに洗濯機壊れてショック』って。そんな話今どうだっていいでしょ！」
　スマホを奪い取って見ると、しょんぼりしたクマのスタンプと『これからコインランドリー』の文字。
晴道「（顔色が変わり）……マズイ。コレまずいわ。悪りィけどまた」
　綴に買い物カゴを押し付け、話を切り上げる晴道。
晴道「（あ、と立ち止まり）綴、それが運命か知りたきゃ、飛び込んでみるしかないよ」
　と、風のように去る晴道。
　目が点になる綴。

31

街中（D～E）
　スマホでマップを確認しつつ、足早に進む晴道。
　いつの間にか駆け出している。（以下適宜Sc．B）

32

〈回想・2001年12月〉渋谷スクランブル交差点
　背嚢《はいのう》を背負い、ゴリゴリの坊主頭で上京した晴道。
　あまりの人の多さに圧倒される。

33

也英の大学・キャンパス
　オシャレキャンパスをズンズン進む晴道を、すれ違う学生達がチラ見する。

視線を感じ舐められないように鋭く見返すと、一斉に目を逸らされる。
構内を歩きまわり、ようやく也英を見つける。

晴道「……（あ、と立ち止まり）」
也英、晴道に気付くと、大きく手を振って駆け出す。
対面し、きつく抱き合うふたり。

也英「（満面の笑みで）会いたかった！」
晴道「俺だって！　……（と、改めてまじまじと見て）」
也英「……何？」
晴道、大人っぽくなった也英に思わず気後れし。
晴道「イヤ……なんか、誰かと思って（と、ドギマギし）」
也英「なにそれー（と、笑って坊主頭をツンツン触り）」

34　〈回想明け・2018年7月〉コインランドリー前〜店内（E〜N）

駆けつける晴道。
ガラス越しの店内には、洗濯が終わるのを待ちながらすやすやと眠る也英がいた。

晴道「……（と、見つめ）」
店に入ると、奥にいた中年の男性客と目が合う。
晴道「……（むむ、となり）」
反射的に自分の上着を脱いで也英の脚を隠し、近くのベンチに腰を下ろす。

×　×　×

コーヒーを飲んだり、そのへんの雑誌を捲ったりしながら、時折也英の無防備な寝顔を見つめる晴道。

×　×　×

夢を見ているのか、コロコロ変わる也英の表情につられ、つい口元を緩めたり眉間に皺を寄せたりする。

×　×　×

顔にかかった髪に触れようとしてふと、手を止める。

晴道「……」

35　〈回想・2001年12月〉青山のオシャレカフェ・レストラン

謎のカタカナが羅列するメニューを凝視する晴道。

也英「決まった？」
晴道「……ア、アマト、リチャーナと、オ、オッソブーコ……？」
也英「スイマセーン（と、店員に慣れた様子で注文し）」
晴道、明らかに場違いな雰囲気に落ち着かず。
晴道「……よく来ンの？（と、店内を見回し）」
也英「うーん、たまに。女子会とかで」
と、そこへ菜七子と町田先輩がやって来る。
菜七子「あれー也英？　ヤッホー。ハッ、もしや彼氏さんですか？」
晴道「（どうも、と頭を下げ）」
也英「あ、大学の友達の菜七子と……」
町田先輩「経営学部3年、町田ですッ（と、左手で敬礼し）」
晴道「……（イラッとして）」
町田先輩「わーすげー、ホンモノ初めて見たー。アレすか？　自衛隊の人って傘ささないってホントっすか？」
晴道「……（更にイラッとして）」
町田先輩「ご一緒しちゃっていいスかね？（と、もう座っており、店員に）あ、アマトリチャーナとキャンティ、ボトルで」

×　×　×

食事する4人。
少し酒が入っている町田先輩。
町田先輩「並木クンも飲もうよ」
晴道「結構です」
町田先輩「さすが。パイロットは違うね」
晴道「まだ航空学生です」
町田先輩「けどいずれは乗るンっしょ？　戦闘機。ぶっちゃけ日本に軍隊って要るんスかね？　税金の無駄っていうか」
晴道「……（呆れ）軍隊じゃないンで。あと、有事や災害がないのが本来望まれる状態です。護るために飛ぶ。無駄で済むンなら、そんな幸せなことありません」
菜七子「でも実際外国とピリついちゃってンのって、自衛隊いるせいなンじゃないの？」
晴道「……そういう考えの人も護るのが自衛官なんで」
也英「……（と、見直し）」
町田先輩「オ～カッケー（と、笑ってパチパチ拍手して）」
晴道「……先食ってて（と、也英に告げ席を立ち）」
也英「え……（と、心配そうに見つめ）」
町田先輩「……（と、見ており）」

36　同・テラス

晴道が頭を冷やしていると、町田先輩が追ってきて煙草を吸い始める。
町田先輩「でも実際心配だよね、遠距離。也英っち可愛いから」
晴道「信頼してるんで」
町田先輩「けどどうかな。結構遊んでるっぽいよ。これで海外なんて行ったらますます遠くなっちゃうンじゃない？　距離も、立場も（と、煽り）」
晴道「……海外？」
町田先輩「アレ？　聞いてなかった？（と、わざとらしく口を覆い）なんか留学決まったって。俺なら放っとけないなぁー」
晴道「……（と、顔色が変わり、立ち去ろうとして）」
町田先輩「えー、ちょっと待ってよ並木クン（と、晴道の腕を掴み）」
晴道「触ンな！（と、強く振り払い）」
町田先輩「ンだよ！　心配してやってンだろ!?（と、挑発し）」
背を向けた晴道の肩を掴む町田先輩。
晴道、反射的に町田先輩の顔面に肘打ちを食らわす。

町田先輩「……痛ってー（と、激昂し）、ンだよコノヤロー！」

襲いかかってきた町田先輩のパンチをかわし、殴る晴道。

床に崩れ落ちる町田先輩。

騒然となる店内。

也英「（気付き）……ハルミチ⁉」

慌てて晴道の元へ駆けつける也英。

菜七子「先輩⁉　大丈夫ですか？　ちょっと！（と、晴道に）」

町田先輩「……（と、嘲笑って）何が護るだよ。手出したら攻撃だよ。戦争だよね。笑わせンな、このクソ軍人が！」

晴道「（カッとなり）」

晴道、再び飛びかかろうとして、周囲に押さえつけられる。力任せに振り払うと、その場を後にする。

也英「ちょっと！　ハルミチ‼」

菜七子と町田先輩に頭を下げ、晴道の後を追う也英。

37　街角（N）

晴道を追いながら責める也英。

也英「信じられない！　ありえないよ」

晴道「そっちこそ……」

也英「そっちこそ何？」

晴道「……そっちこそ、東京でチャラついて男に媚びてる」

也英「ハイ？」

晴道「そんなことするために東京来たワケ？　大体、きみの友達もろくでもねーな」

也英「そんな云い方……！」

晴道「つーか何？　留学って」

也英「（あ、と）それは、会ってからちゃんと話そうと……。ハルミチだって知ってるでしょ？　ずっと夢だったこと」
晴道「知ってるよ！　知ってるからこそ……そんな大事なこと、なんであんな奴の口から聞かなきゃなんねーンだよ。え、何？　海外で男でも漁るの？」
也英「ひどい！　……せっかく楽しみにしてたのに」
晴道「……（と、目を逸らし）来なきゃよかった」
その場を去る晴道。
也英、取り残され、涙を溢し。

38　〈回想明け・2018年7月〉コインランドリー（N）

うっすらと目を覚ます也英。
目の前には晴道がいる。
也英「（眠気眼で）……あ、えっと……こないだの綴、の？……どうしてここに？」
晴道「……コインランドリーは物騒なんで」
也英「……（キョトンとして）」

39　也英のアパート・洗面所～ダイニング（N）

懐中電灯を咥え、洗濯機の故障箇所を調べる晴道。
也英「すみません、お言葉に甘えちゃって……」
晴道「いえ、コインランドリーなんか行くくらいなら」
底のボルトをレンチで外し、手際良く修理する晴道。
也英「……（わぁ、と感心し）」
晴道「あー、コネクタの接触だな。そこのモンキー取ってもらっていいスか。先っちょ分かれてるやつ」
也英「あっ、ハイッ……（と、探し）」
也英、工具を渡そうとして覗き込み、ふいに向き返った晴道と急接近する。
也英・晴道「……！（あっ、と見合い）」
也英・晴道「ごめんなさい……」「スイマセン……」
と、お互いなんとなく照れてそっぽを向き。
×　×　×
スイッチを入れると、見事復活する洗濯機。

也英「え、うそっ、すごい！　ありがとうございます！」
晴道「や、これくらい全然」
也英「よかったー……初めてのお給料で買ったやつなんです、こいつ。またヨロシク頼むよ（と、撫で撫でし）」
片付けながら、喜ぶ也英をチラッと見て微笑む晴道。
晴道「それじゃ……（と、出て行こうとして）」
也英「あ、あの、もしよかったら夕飯召し上がって行きません？」
晴道「……エッ」
也英「とはいえ、全然大したものないですけど」
晴道「あ、……じゃあ（と、嬉しく）」
也英「(微笑って）並木さん、好きな食べ物はなんですか？」
晴道「ヘッ!!?（と、ひっくり返った声で）」
也英「？（と、目を丸くして）」
晴道「あ、いや……ナポリタン、ですかね（と、激しく動揺し）」
也英「ナポリタンおいしいですよねー。わたしあの缶詰のよくわかんないマッシュルームが入ってると嬉しくなります。あ、じゃそのへん坐っててください」
笑って準備を始める也英。
「ふー」と息をつく晴道。改めて也英の部屋を見回す。
幼い頃の綴が描いた絵や写真、本と最低限の家具だけの慎ましい暮らし。
晴道「……（也英の華奢な背中を見つめ、空白の日々を想い）」

×　　×　　×

安物のワインを開け、ナポリタンを食べるふたり。
晴道「うー（と、唸り）……めちゃ旨いっス」
也英「(ホッとして）よかったです。でもビックリしました。洗濯機直しちゃうなんて。もしや前職は電気屋さん？」
晴道「……（と、微笑って）でもナポリタン作れないンで」

也英「フフ（と、微笑ってもりもり食べる晴道を眺め）」

　と、突然、飛行機の轟音が鳴り響き、ワイングラスの水面が揺れる。

晴道「（え？　と）」

也英「あ、ごめんなさい。ビックリしたでしょ？」

晴道「……あ、千歳の？」

也英「はい。わたし、子供の頃からずっと空港の側に住んでて、この音聴くと妙に落ち着くんです。この部屋はそれが決め手で。あ、安いってのが1番の決め手ですけど（と、笑い）」

晴道「（微笑って）……へぇ」

　晴道が窓を開けると、飛来する飛行機が見える。

也英「曇りの日はね、特によく聴こえるんです。毎朝、ヒコーキ見ると、よし、今日も頑張ろうって気になります」

晴道「……（胸がギュッとなり）」

40

〈回想・2001年12月〉街角～交差点（N）

　苛立ち歩く晴道。だが次第に後悔が押し寄せ、踵を返す。来た道を足早に戻りながら、也英に電話する。

晴道「（電話が繋がり）……あッ、もしもし也英!?　さっきはゴメン!!　俺、カッとなって也英にマジひどいこと……」

　と、その時、どこかから激しい衝撃音が聴こえる。

　と、同時に耳元の通話が途絶え——。

晴道「……（嫌な予感で立ち止まり）」

×　　×　　×

　駆けつける晴道。

　そこには、トラックに撥ねられ、頭部から血を流して倒れる也英の姿。

晴道「（血の気が引き）……也英……也英!!（と、駆け寄り）」

　騒然となる事故現場。也英の傍らには、バッグから落ちた真新しいパスポート。

41

〈日替わり〉病院・ICU前の廊下〜CT室

祈るように待つ晴道。

そこへ報せを受けた幾波子が駆けつけ、パニック気味に晴道に詰め寄る。

幾波子「也英ちゃん！　…也英ちゃんは？　あの子どうなったの!?　一緒に居たんでしょ!?　ねぇ！　ねぇ!!」

晴道「(声を震わせ)……スイマセ……スイマセン」

幾波子「……どうして……こんな……」

狼狽し壁によろめく幾波子、晴道が支えようとするその腕を強く振り払う。

晴道「(激しい自責の念に駆られ)」

×　×　×

意識不明のままCTスキャンを受ける也英。

前畑医師の声「娘さんは頭部への打撃による、外傷性クモ膜下出血です。暫く安静にして、意識の回復を待ちましょう」

42

〈数日後〉同・ICU〜廊下

也英の手を握り、祈るように回復を待つ幾波子。

と、うっすらと目を覚ます也英。

幾波子「……也英ちゃん！」

也英「(幾波子の手を弱々しく握り返し)……ママ」

幾波子「(安堵の溜息を漏らし)……よかった」

也英「……ここは？　何が……(と、混乱し)」

幾波子「大丈夫、病院よ。東京の病院。也英ちゃん、事故に遭って入院してるの」

也英「…(と、困惑し)東京？」

幾波子、嫌な予感がして、医師・前畑兼子《かねこ》の顔を窺う。

前畑医師の声「逆行性健忘です」

×　×　×

歩きながら話す幾波子と前畑医師。

前畑医師「事故のショックから、過去の出来事を思い出しにくい状態になっています」

43　〈日替わり・翌年1月〉同・ナースステーション～病室～廊下

幾波子が退院の手続きをしていると、扉が開いていた也英の病室へ入ってゆく晴道の姿が見える。
幾波子「……（と、見つめ）」
前畑医師の声「一般的に発症時に近い記憶ほど失われる傾向があります」
ベッドに坐っていた也英と視線を交わす晴道。
晴道、安堵の笑みを浮かべ近付こうとして――。
也英「(不安げに会釈し)……どちら様ですか?」
晴道「……（え、と）」
やって来た幾波子に、戸惑いの視線を向ける也英。

×　×　×

〈フラッシュ〉S#42の続き。
幾波子「……戻るんでしょうか（と、困惑し）」
前畑医師「短期間で戻る場合もあれば、数ヶ月から数年、それ以上かかる場合も。ですが、ここは焦らず回復を待ちましょう」

×　×　×

動揺する晴道を廊下へ連れ出す幾波子。
幾波子「しばらくそっとしといて欲しいの」
晴道「俺にできることは……」
幾波子「(何も無い、と首を振り)」
晴道「……俺に任せて下さい。俺が……俺がアイツを護ります」
幾波子「……（フッと乾いた笑いを向け）自分のケツも拭けない坊やが、一丁前な口利くンじゃないの。アンタはアンタのやるべきことをしなさい」
幾波子、毅然と言い放ち立ち去る。
唇を噛み、為す術なく立ち尽くす晴道。

〈Ep#3　END〉

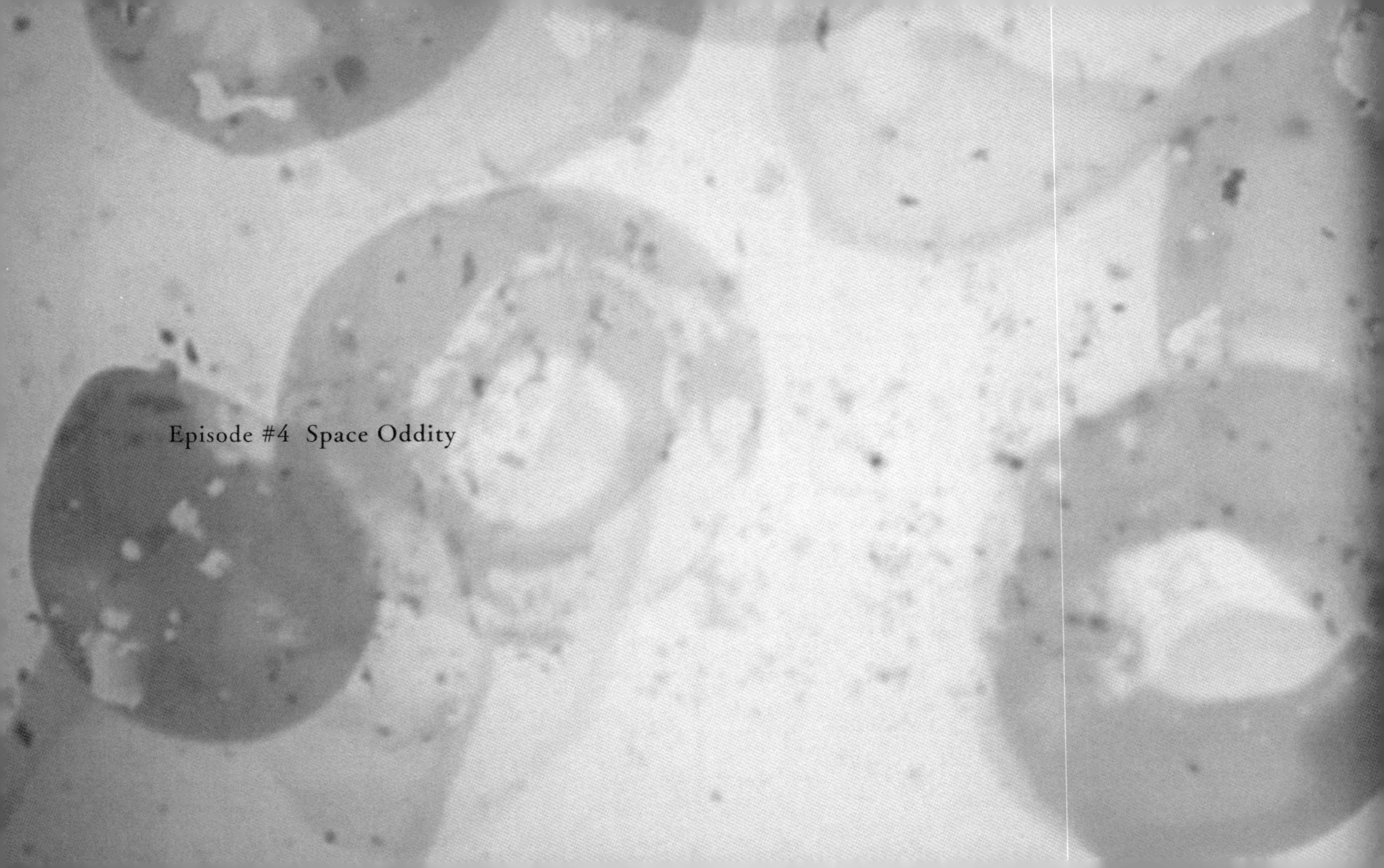

Episode #4 Space Oddity

1

〈avant・イメージ〉宇宙～大気圏～野口家の出窓

音の波動がない真空の世界。

小さなアルミ板に焼き付けられた『野口也英』のミクロな文字。

暗闇の中、ぽっかりと浮かぶ美しい地球、その外側の軌道には赤く輝く火星が浮かんでいる。

地球周回軌道に投入された火星探査機〈のぞみ〉からの視点。

やがてカメラは下降し、大気圏に突入。

途中、飛行する旅客機の脇を通過し、太平洋に面した島国の、北の端の小さな町の、野口家の出窓へ――。

2

〈1991年12月〉野口家・也英の部屋～庭先～也英の部屋

児童文学などが並ぶ部屋で、熱心にロアルド・ダールを読み耽《ふ》けっている也英(9)。

と、遠くから郵便屋のバイクの音がする。

× × ×

耳疾《と》く聞きつけて、玄関を飛び出す也英。

郵便屋から受け取った国際小包の差出人欄には、『Akihiko Tsushima』と書かれている。

× × ×

小包の中には、小さなバレリーナが回るオルゴールが入っている。

也英、伝票の『Switzerland』の文字を読み。

也英「スウィ…ス…ス（うーんと、首を傾げ）」

世界地図を出し、場所を調べる。

也英「ス、ス、ス…スイス！」

スイスに印を付けると、歴代の土産物が種々雑多に並べられた棚に、バレリーナを仲間入りさせる。

也英「遠いところ、ごくろうさまです（と、ねぎらい）」

3

〈1998年1月〉同～庭先

雪降る窓の外で、郵便屋の音がする。
扉が開き勢いよく飛び出してきたのは中3に
なった也英(15)。郵便屋から絵葉書を受け取り、
その場で読み始める。

昭比古《あきひこ》のM「高校受験の方はどうですか？　キミのこと
だから無理をし過ぎているんじゃないかと少し心配で
す。さて、先日新聞を見てハガキを送りました……」

4

――図書館・新聞コーナー

新聞のバックナンバーを熱心に漁る也英。

也英「……あ、あった！」
1997年12月18日付の朝刊を開き、社会面の片
隅の小さな記事を食い入るように読む也英。
見出しには『あなたの名前を火星へ』と書かれて
いる。

也英「『文部省宇宙科学研究所は、来夏に打ち上げる日本
初の火星探査衛星に、応募者の氏名を焼き付けたアル
ミ板を搭載することを発表した』……」

昭比古のM「がんばり屋さん、つらい時は空を見上げてご
らん。もうひとりのキミが宇宙をまわっているよ」
自分の名前が火星へ行くことを想像し、胸を弾ま
せる也英。

5

――〈日替わり・7月4日〉野口家・居間（EM）

TVの前で、火星探査機を載せたM-Vロケット
の打ち上げを固唾を呑んで見守る也英。

也英「……火星人って字読めるのかな」
幾波子「んなモンいるわけないでしょ〜（と、笑い）」
也英「そうかなー（と、口を尖らせ）」
どこかから聴こえてくるカウントダウン。
「……5、4、3、2、1、Lift off!」
輝く噴射炎が、夜空を切り裂き伸びてゆく。
打ち上げ成功を告げるニュース。

アナウンサーの声「宇宙科学研究所はこの程、日本初の火

星探査機・PLANET−Bに〈のぞみ〉と命名したことを発表しました。キャンペーンに応募された署名は約27万人分に及び……」

也英、「がんばれ」と小さく呟き拳をきゅっと握る。

也英の名前は人々の希望とともに火星へと旅立つ。

6

〈イメージ〉上空

ロケットが上昇し、大気圏を抜ける。火星到達を目指し、長い長い旅を始める〈のぞみ〉――。

T『First Love 初恋』

7

〈2018年7月〉ラウンドアバウト・走るタクシー車内

環状交差点を回る也英。ふと何かを思い立ち、タクシーを回送にしていつもと違う道へ出てゆく。

8

オールドスクールな洋食屋前〜店内（ランチタイム）

昼時で行列ができている。

最後尾に並ぶ也英。

× × ×

也英の前に、熱々のナポリタンが運ばれる。口に入れると思わず頬が緩む。「おいしい」と伝えたくなり、スマホでテキストを打つ。

『千代田町の西洋軒のナポリタン、並木さん絶対お好きだと思います』

9

ビル・通路／オールドスクールな洋食屋・店内（ランチタイム）

巡回する晴道の元へメッセージが届き、ナポリタンの写真が送られてくる。すぐに返信する晴道。

晴道のM「『麺の太さ、ケチャップの炒め具合ともに絶妙っスね』」

也英のM『ですよね！　わたし、もう5回も行っちゃいました』」
晴道のM「『5回ですか⁉』」
也英のM「『ハマるとしつこいんです』」
晴道「…… (相変わらずだな、と笑ってしまい)」

×　×　×

也英、壁の『パスタの日』のポスターに目を留め。
也英のM「『毎月11日は大盛り無料だそうです。並木さんもぜひ』」
すぐに返信が来て。
『じゃ次は一緒に行きましょう』
也英「‼ (と、ビクッとして)」
也英、顔を真っ赤にして周囲の客にお辞儀し。

10 ビル・防災センター

メッセージを見返し、ついニヤついてしまう晴道。
コッシー「……こわいこわいこわいこわい」
と、突如デスクに「ガンッ！」と額を打ち付ける。
コッシー「‼ (と、ビクッとして)」
晴道「(突っ伏したまま、ぐぅーと呻《うめ》き)……痛い」
晴道、様々な想いをこじらせており。
コッシー「並木さん、病院行かれた方が……」
晴道「……うっさいなー。仕事しなさいヨ (と、拗《す》ね)」
晴道、俄《にわか》に神妙な面持ちになり——。

11 〈回想・2002年1月〉防府北基地・射場

T『YAMAGUCHI, Hofu Kita Airbase, January 2002.』
耳をつんざく銃声が響く。
晴道(19)、射撃訓練で64式小銃の弾倉に実弾を込め、伏せ撃ちの構えで的を狙う。だが、集中力を欠き、なかなか的が定まらない。
依田三曹、晴道の異変に気付き。

×　×　×

〈フラッシュ〉頭から血を流して倒れる也英。

×　×　×

と、地表を掠めた跳弾が飛ぶ。
晴道「(晴道の靴裏を蹴り) おい並木！　集中しろ!!」
依田三曹「……(ハッとして) ハイ！」

×　×　×

依田三曹に突き飛ばされ、地面に倒れる晴道。
依田三曹「オマエ自分が何持ってるか自覚してンのか！　しっかりしろ!!」
晴道「スイマセン……(と、放心状態で)」

12　防府北基地・倉庫～居室～郵便ポスト(N～D)

課業後、也英に電話する晴道。
ガイダンス「この電話は、電源が入っていないため……」
晴道「……(電話を切り、深く項垂れ)」

×　×　×

週末、同僚達が外出する中、ポツンと居残る晴道。

四元「あら？　並木、出掛けないの？」

晴道「あ、うん……俺はいい」

四元、いつになく覇気のない晴道を不審に思いつつ出てゆき。

晴道、也英宛の手紙を書き始める。

×　×　×

晴道、祈るように郵便ポストに手紙を投函する。

13　〈日替わり・4月〉野口家・玄関～也英の部屋～居間(D～N)

幾波子に付き添われ実家へ帰って来る也英(19)。

×　×　×

也英、スーツケースを置き、棚に並んだ昭比古からの土産物のひとつを手に取る。

幾波子「(入ってきて) あー、それはあの人が……」

也英「わかってる。4年生の時に貰ったカトマンズのお土産でしょ。こっちはヘルシンキ、タンザニア、ブエノ

スアイレス…昔のことはちゃんと憶えてるんだって。けど、ここ何年かのことがどうしても思い出せない

（と、苛立ち）」

幾波子「……（努めて明るく）お医者さまも云ってたでしょ。無理に思い出すことないって。ママなんて忘れたいことだらけよ〜」

也英「……」

幾波子「しばらく休めばまた元気になる。さ、ごはんにしよ」

也英、力なく頷き。

×　×　×

幾波子と並び、無気力にＴＶを眺める也英。

14　〈日替わり〉同・玄関〜庭〜門前（Ｅ〜Ｎ）

玄関の扉を開けると、訪ねてきたノン子が也英に飛びつき、抱きしめる。

ノン子「也英！　会いたかったよ〜!!」

也英「……（戸惑い、幾波子の顔を窺って）」

ノン子「……ああ（そうか、と離れ）」

幾波子「親友のノン子ちゃん。ずっと心配してくれてたんだよー。さ、入って入って」

×　×　×

幾波子の鮭料理が並ぶテーブル。

食事する３人。

ノン子「さっき女満別駅で阿部寛見かけたンですけど」

幾波子「えっ、うそ」

ノン子「よく見たら身長158㎝くらいだったンですよ」

幾波子「え〜ナニそれウケる〜！（と、爆笑し）」

也英「……（ついていけず）」

ノン子「…あ、阿部寛さんていう人がいて、結構、大きい」

幾波子「こんな、くらい？（適当）」

ノン子「本物は。たぶん（適当）」

也英「（愛想笑いで頷き）」

「……」と食べる３人。ぎこちない空気が流れる。

幾波子から届いた『羅臼産時鮭』の立派な箱。
並んで坐り、七輪で鮭の切身を焼く也英と茄子田。
茄子田「いやー、やっぱシャケは時鮭《ときしらず》にかぎるね。若いから身が締まってプリプリ。脂のノリがもうね、断然違う」
也英「スイマセン、独りじゃ食べきれなくって」
茄子田「お母さんにヨロシクお伝えして」
也英、頬杖をつきどこか惚けた顔で。
也英「…:ナスさん。シャンプーとコンディショナーの間の時間って普通何考えます?」
茄子田「あー、普通キューティクルのこととか?(と、心なし寂しい頭髪を撫で)」
也英「あー。…:そういうなんてことない、普通の時間にね、最近フッて考えちゃうひとがいて」
茄子田「(おや、となり)うン」
也英「それとか、見慣れた文字を、牛丼の〈ナミ〉とか木曜日の〈モク〉とかね、お天気の〈ハレ〉だったり国道の〈ドウ〉とか、見ると、つい目で追っちゃったり

× × ×

ノン子を送る也英。
ノン子「…:そういえば、並木とは会った?」
也英「…:(ナミキ? と)」
ノン子「あ、イヤ。…:またそのうち。なんかあったらいつでも連絡して(と、お決まりのポーズ)」
也英「(わからず)…:(と、愛想笑いを浮かべ)」
也英、寂しげに去ってゆく旧友の後ろ姿を見つめ。

15 同・也英の部屋(N)

高校時代のアルバムやプリクラ帳を恐る恐る開く也英。そこには、知らない人達と楽しそうに過ごすかつての自分の姿があった。

也英「…:(苦悶の表情を浮かべ)」

堪らずクローゼットの奥に仕舞い込み、蹲《うずくま》る。

16 〈回想明け・2018年7月〉タクシー営業所・屋上

とか」
茄子田「(ナミモク……ナミ……ナミキなどと口だけ動き)」
也英「そういうのってなんか……(うーんと、首を傾げ)」
茄子田「……イッちゃいなさいヨ」
也英「え」
茄子田「気になるンでしょ?」
也英「や……(と、自嘲して)違うンです。それは、もう。分別あり過ぎるくらい大人ですので」
茄子田「ンなモンあると、恋は死にますヨ」
也英「……恋(と、口に出た単語の響きに自分でビックリして)。……というか。便宜的にソレが、ソレだとして。わたしなんてバツイチ子持ちですし。シャケで言ったらホッチャレですよ」
茄子田「ホッチャレ」
也英「産卵終えて痩せ細って味が落ちたシャケです」
茄子田「何もそこまで。肉だって腐りかけが旨いって云うじゃない? ホッチャレだって喰えばそれなりに……それなりですよ」
也英「……でもー……(と、こじらせ)」
茄子田「ホッチャレの底力見せてやンなさいヨ!」
と、旺太郎が会話を嗅ぎ付けやって来て。
旺太郎「あらら～? なーんかいい匂いすると思ったら、それはまさかの時鮭!? やっぱシャケは若いのにかぎるね～」
也英「……(遠い目)」
旺太郎「で? おふたりして何のお話?」
茄子田「(色々な意味で残念で)シャケでも食っとけ」

17 〈回想・2002年5月〉旭川・大学病院

ペンライトで也英の瞳孔をチェックする医師。
医師の声「痺れやめまいは?」
也英「ありません」
也英を診察する無愛想な医師は行人(28)である。
行人「MRIの結果は良好です。(カルテを見て)学校は？」

也英「暫くは休学してこっちにいようと思います」

行人「（頷き）何か思い出しました？」

也英「……いえ」

行人「よくあることです。人によって感情が乱れたり気力が減退することもありますが、気にせず日常生活を送ってください。あ、運動はまだ控えて。何か質問は？（と、淡々と）」

也英「……先生」

行人「はい」

也英「たしか今日ってまだ、5月ですよね」

也英、行人のデスク脇の6月のカレンダーを示し。

行人「……（と、見て）あー、ええ」

也英「よかった。また記憶無くしたのかと（と、自虐で）」

行人「……（ツボにハマり、ククと笑い出し）……いや、失礼。幾分せっかちなもので」

也英「……あ、ハイ（この人笑うんだ、と少し面白く思い）」

18　野口家・台所〜食卓〜居間（点描・E〜N）

幾波子、晴道の手紙を見ていると、也英が帰宅する。

也英「ただいまー」

幾波子、咄嗟に手紙をポケットに仕舞い。

幾波子「おかえり。どうだった？」

也英「特には（と、行きかけて）……あ、先生がね、新任の若い方の。その人ちょっと……ていうか、かなり変わってて」

×　　×　　×

食事しながら話すふたり。

也英「せっかちで、カレンダーは15日過ぎると捲っちゃうの。この10年、朝ごはんはずっとドトールのCセットなんだって。毎朝の決断は時間とエネルギーの浪費だからって」

×　　×　　×

食器を洗うふたり。

　　也英、話し続けている。
也英「好きな言葉は効率と合理的。行列と恋愛の駆け引きと科学的根拠のないものが嫌いで、運命とか信じない主義なんだって。占いとか願掛けを信じる奴の神経疑うって」

×　　×　　×

　　アイロンをかける幾波子。
　　也英、話し続けている。
也英「あ、イライラすると、こうやってカルテとかの端っこ折るの。あとおにぎりを箸で食べる（と、クスクス笑い）」
幾波子「……也英ちゃん、さっきからその先生の話ばっかり」
也英「……（え、と）」
　　幾波子、頬を染める也英を肘で突いて冷やかし。

×　　×　　×

　　幾波子、ポケットから晴道の手紙を出し、戸棚の丸缶箱にそっと隠す。

19　〈2003年10月〉防府北基地・屋上～教場～ラウンジ（点描・N～D）

　　いつものように夜空を見ながら手紙を書く晴道(21)。
晴道のM「也英、元気ですか？　風邪など引いてませんか。今年は火星がやけに明るく見えます。なんでも、今世紀最大の接近だとか。強く輝く星を見ると、きみをそばに感じます。……あれからもうすぐ2年が経ちます」

×　　×　　×

　　航空力学等、より専門的な知識を学ぶ晴道。
晴道のM「いよいよ明日、訓練生として初めてのソロフライトに出ます。夢に見たファイターパイロットへの第一歩です」

×　　×　　×

　　フライトに向け、教官とブリーフィングを行う晴道。
晴道のM「そういえば昔、也英はサザエさんとのじゃんけんに勝つと、その週は絶対にいいことが起きると云ってましたね（と、笑い）。ちなみにさっき、俺はグーで勝ちました」

×　　×　　×

TVからイラク特措法関連のニュースが流れる。
国会で答弁を行う、時の総理・小泉首相。

小泉首相「どこが非戦闘地域でどこが戦闘地域かと、今、この私に聞かれたってわかるわけないじゃないですか」

静かに画面を見つめる若い隊員達。

晴道「……（と、見つめ）」

20　野口家・食卓（N）

テーブルに並べられた3つの指輪。

也英の声「『明日午後4時までにどれか決めて、ご連絡ください』」

幾波子「アタシはコレかな〜」

と、いちばん大きいダイヤの指輪をはめる幾波子。
也英、豪奢な薔薇の花束を抱え。

也英「『…尚、万一お断りされる場合はお手数ですが7日以内に下記までご返送ください。着払いで結構です』……こんなプロポーズある？」

行人からのカードを読む也英、文句を垂れながらも顔は幸せそう。
そんな也英を見て嬉しい幾波子。

21　〈日替わり〉防府北基地・救命装備室〜飛行場〜コックピット〜飛行場（D〜E）

緊張した面持ちでパイロットスーツに身を包む晴道。

×　　×　　×

ヘルメットを被りT-3に搭乗する。

晴道のM「もう1度きみに会いたい。無事帰投したら俺は……」

操縦桿を握り、エンジンを始動させる晴道。

プロペラが威勢良く回り滑走が始まる。地の草が流れ、やがて轟音とともに大空へ飛び立つT-3。

晴道のM「…俺はきみに会いに行きます」

雲の上から見える圧巻の景色。

胸が高鳴り血が躍る。

× × ×

無事ランウェイに着陸するT-3。

ヘルメットを脱ぎサムズアップする晴道、万感の想いで。

22
〈日替わり・12月〉野口家・玄関先

晴道、正装でインターホンを押す。
幾波子「ハ～イ。どなた？（と、扉を開け）…ああ」
晴道を見ると、幾波子の気色が変わる。
晴道「ご無沙汰してます。…あの、也英さんって」
幾波子「…今、出掛けてるの」
晴道「あ、じゃ、そのへんで待たしてもらいますンで…」
幾波子「あっ、ちょっと！…ちょっと待ってて」
幾波子、仔細顔で中に入ってゆく。

23
走るバス車内

バスに乗っている也英。

バッグから大切そうに取り出したのはエコー写真。2頭身の胎児の体に、小さな手足と唇などのパーツがしっかりと形成されている（妊娠約3ヶ月）。

顔をほころばせ写真を胸に当てる也英、その左手薬指には指輪が輝いている。

と、ふいに近くのサラリーマンが読んでいる新聞に目が留まり――。

24　野口家・玄関先

幾波子、奥から丸缶箱を持って出てきて。
幾波子「……コレ、持って帰って（と、苦しげに晴道に押し付け）」
中にはこの2年間、晴道が送り続けてきた手紙の束が入っている。その全てが未開封だった。
晴道「（手紙を手に取り）……」
幾波子「也英ちゃんにはアタシみたいに苦労して欲しくないの」
晴道「（首を振り）俺は……（と、反論しようとして）」
幾波子「（遮り）也英ちゃんね、お腹に赤ちゃんいるの。いい人見つけて、もうじき結婚するの」
晴道「……（え、と）」
幾波子「お金持ちで立派な人。だからもう……忘れて。也英ちゃんのこと思うなら、どうか忘れて下さい（と、頭を下げ）」
幾波子、玄関のドアを閉める。
晴道「や、ちょっと……（ショックで言葉を失い）」

25　走るバス車内〜野口家・玄関先

新聞を見つめる也英。
記事には『タイムリミットである12月9日、度重なるトラブルと不具合により〈のぞみ〉が火星軌道への投入を断念し、5年半にわたるミッションを終了した』と書かれている。

×　　　×　　　×

〈イメージ〉制御不能となる満身創痍の〈のぞみ〉。ミッション終了のコマンドを受信すると、火星の重力圏を離れ、探査機としての一切の機能を停止する。
アルミ板に焼き付けられた『野口也英』の名前とともに、半永久的に同じ軌道を回り続ける――。

×　　　×　　　×

也英「……（ああ、終わったんだな、と静かに空《くう》を見て）」

お腹に手を当て、流れる景色に視線を移す――。

× × ×

野口家から出て行く晴道、立ち止まり振り返る。

26

野口家・也英の部屋

過去と決別するかのように、クローゼットに仕舞い込んだアルバムや賞状などを全て処分する也英。

27

ナミキオート前

同じ頃、ドラム缶の焚き火の中に放り込まれる手紙の束。

小雪がちらつく中、長い間、晴道はその炎を見つめていた――。（暗転）

28

〈回想明け・２０１８年７月31日〉アートスペース

（Ｄ）

詩に誘われたイベントに、恐る恐るやって来る綴。

照明が落ち、詩のパフォーマンスが始まる。

綴「……（強い衝撃を受け）」

× × ×

終演後、ゲストに囲まれる詩を壁際でぼんやり眺める綴。

と、詩が気付きこちらへやって来る。

詩「来てくれたの？」

綴「……（恥ずかしそうに小さく頷き）」

詩「どうだった？」

綴「何て言ったらいいか……ゴメン、言葉が見つかんないや」

詩「退屈だった？」

綴「まさか！　心臓に鳥肌立って、脳ミソぐるぐるに掻き混ぜられたかと思ったんだ！　ボクの目に見えてる世界、その反対側にはボクがそう見てしまう仕組みがあるかもしれないみたいなコペルニクス的転回……ん、何言ってンだ……つまり、その……（と、混乱）」

詩「つまり今日キミは世界の新しい見方を発見したってことね」
綴「！（それっ、と深く頷き、目を輝かせ）」
詩「（ニッコリ笑い）おめでとう、ツヅル。この後、パーティーあるからツヅルもおいでよ」
綴「えっ、イヤ、ボクは・・・」
詩、綴の全身を隈なく眺め「ふむ」と小思案すると、おもむろに手を取って走り出す。
綴「えっ、・・・エッ!!」

29 同・バックヤード〜パーティー会場・エントランス（D）

綴の手を引き、通路を駆け抜ける詩。
そのへんに掛かっているジャケットや帽子やサングラスを拝借し、綴に投げる。
慌ててキャッチする綴。

×　×　×

モード系の服を纏いサングラスをかけた綴を、屈強そうな黒人バウンサーが見下ろす。
バウンサー「・・・（綴の顔をしげしげと覗き込み）Eighteen? I'll need some ID.（18歳？　ＩＤ見せて）」
綴「・・・（固まり）」
詩「（バウンサーに耳打ちし）He looks much younger than his age. He's actually a really famous songwriter. Works for Bruno Mars.（彼、若く見られるけど世界的に有名なコンポーザーなの。ブルーノ・マーズの右腕）」
俯き加減でそれっぽく振る舞う綴。
バウンサー「・・・Have a great night!」
詩「We will!」
あっさりふたりを通してくれるバウンサー。
笑い転げながらパーティーに潜り込む詩と綴。

30 中島公園（E）

オーバーペース気味にランニングする晴道。邪念を打ち消すように頬を叩き。上がってゆくスピード。と、不意にその足が止まり。沿道の案内板に吸い寄せられるように近付く。

額の汗が滴り、にわかに心拍数が上がる——。

と、そこへ割り込む通知音。

晴道「(ドキッとして)……」

『ごはん食べた?』という恒美からのメッセージ。

スマホの画面を見つめ『まだ』と返信する。

31

某所(E)

何かの列に並んでいる也英。スマホを取り出し晴道の連絡先を開くと、「えいっ」と電話をかけてみる。

32

中島公園/某所~札幌市天文台前(E)

着信している晴道のスマホ。

晴道「……(画面を見つめ、躊躇い)」

×　×　×

也英、電話したことを後悔し始め、もう切ろうと思った矢先、電話が繋がる。(以下適宜Sc.B)

晴道の声「……はい」

也英「(ドキッとして)あっ、野口です。……スイマセン、お仕事中でしたか?」

晴道「あ……(逡巡するも、嘘はつけず)いえ。大丈夫です」

也英「あの、全然大した用じゃないンですけど。……もしよかったら南の空に注目してみてください。今夜、火星が大接近するんですって。なんか15年振りらしいです。ニュースでやってました」

晴道「……」

也英「……あ、並木さん? ごめんなさい、ひとりで喋ってて」

晴道「……(もうダメだ、と観念し)いえ」

晴道、『火星大接近　札幌市天文台　夜間観望

会』と書かれた案内板のポスターにもう1度目を凝らす。

× × ×

ゆっくり列を進みながら話す也英。
也英の楽しげな声を聴きながら園内を歩く晴道。
也英「地球と火星ってそれぞれ違った軌道で回るじゃないですか。なので次に近付くのは2035年なんだそうです」
晴道「へぇ、てことは俺ら……53」
也英「(考え)……こわいですね」
晴道「同じ話何回もしたり、3時間しか寝てないこと自慢しちゃったりするンすかね」
也英「しますします、滝川クリステルさんのことクリスタルさんて言い間違えたりすると思います」
晴道「……(と、想像し)それはそれで可愛い気がします」
也英「あ、ハイ……(と、なんか照れてしまい)」
案内板を頼りに、園内にある天文台へ向かう晴道。
也英「並木さんは火星人ていると思います?」
晴道「当然です。移住計画が発表されたら真っ先に手挙げますよ」
也英「片道切符でも?」
晴道「構いません。デヴィッド・ボウイはそろそろ着いてる頃でしょ」
也英「ふふふ。そうですね……」

× × ×

列が進み、再び前進する也英。

望遠鏡やシートを持った家族連れなどで賑わう人々の列、その最後尾を探しながら歩く晴道。

と、やって来た晴道と出会い頭に目が合う也英。

也英・晴道「あ……えッ?」「……え」

時が止まったようにしばし見つめ合うふたり――。

也英「……あ、えっと……(ココ、に? と、天文台を指し)」

晴道「……(まぁ、と苦笑し、参ったなと頭を掻き)」

ふたり、再び目を見合わせると、思わず「プッ」

と笑ってしまう。

33 アートスペース・中庭（E）

外に出て飲みながら話す綴と詩。
綴「1度だけ父親に聴かせたことがあるんだ。でも子供の遊びだって云われた。モノにならないし、ボクが人生に失敗するのを見たくないって」
詩「ふーん。でもママは素敵な人じゃない？」
綴「ウチの母親？　なんで詩ちゃんが知ってるの!?」
詩「ふふ。ナイショ」
気持ちよさそうに風に身を委ねる詩。
詩「…アタシ信じてるの。それが本物なら、必ず誰かに発見されるって。マルコ・ポーロが黄金の国見つけたみたいに。アタシはいつでも飛び出せるように、爪を研いで、ついでに可愛いマニキュアも塗ってその時を待ち構えてる」
一点の曇りもない詩の澄んだ瞳に吸い込まれそうになる綴――。
詩「大丈夫。キミが全世界に黙殺されても、アタシはもうツヅルの音楽を見つけてる」
綴「――（綴の中で何かが弾け）」

34 札幌市天文台（N）

ドームのスリットの向こうに広がる無数の天体。
その中に一等輝く赤い星が浮かんでいる。
大型望遠鏡を覗き、「わー！」となる也英。
晴道、その横顔をそっと見て微笑み。
也英、晴道に「見て見て」と。
晴道、也英の背後に立って覗き込み「おー！」と。
近付く顔、也英ちょっとドキドキして。

35 同・前の小高い丘（N）

並んで地べたに寝転がり、火星を眺める也英と晴道。

晴道「……綺麗っスね」

也英「なんかちょっと、タイムマシンみたいです」

晴道「……え？（と、ちょっとビックリして）」

也英「星の光って長い年月をかけて地球に届いたものでしょう？　遠くの星を見ることは、もう存在しない過去を見てるってことになります」

晴道「ああ……（と、合点がゆき）なら、なおさら眩しいです」

と、ふいに手と手の甲が僅かに触れ合う。

何も言わず、ただお互いの体温を感じ。

也英「〈のぞみ〉ってご存知ですか？　98年に打ち上げられた、日本初の火星探査機」

晴道「……ああ、教科書に載ってた気が」

也英「あの頃、〈のぞみ〉が世界を変えるかもしれないって本気で思ってました」

晴道「今は？」

也英「ミッションは失敗。役目を終えて、今も宇宙のどこかを漂ってます。わたしの名前もね、〈のぞみ〉と一緒に回ってるンです。意味なんてもうとっくにないのかもしれないけど、とにかく、回ってる（と、少し諦めたように微笑い）」

晴道「……意味あります。あります、何かしら必ず」

也英「……（思わず気圧され、「ハイ」と頷き）」

晴道「さっきの話ですけど。クリスタルさんの」

也英「ああ、はい（それか、と）」

晴道「もしかしてお母さんの話？」

也英「あ、そうですそうです。ちょいちょい惜しいンですよねー。バーニャカウダをアーユルヴェーダって言ったり、しまむらをよしむらって云ったり」

晴道「（笑って）……お母さんは元気？」

也英「こないだは癌かもしれないって大騒ぎして。結局、歯槽膿漏だったンですけど。あと最近お友達に喋る掃除機？　戴いて。まさおって名前付けて。あ、草刈正雄さんのまさおです」

晴道「あはは。らしいっスね」

也英「はい、まさおすごい働き者で…（と、笑いながら、ん？　と思い）わたし母の話なんてしましたっけ？」
晴道「いえ…なんとなく。元気ならよかったです（と、静かに微笑み）」
　也英、特に気にすることなく頷き、また空を見て。

36　アートスペース前（N）

　パーティーが終わり、会場を後にする人々。

　詩と歩きながら、いつもよりだいぶ饒舌に話す綴。

綴「思うに良いドラマーは道標をくれるンだ。Questlove, Chris Dave, Nate Smith…皆それぞれにカラーが違うけど、必ずその音楽が向かうべき方向を示してくれる」

　詩、ふと立ち止まり一点を見つめる。

　高揚し、なおも話し続ける綴。

綴「ボクは打ち込みがメインだけど、彼らのマインドをいつも忘れないように心掛けてて…」

　と、隣に居たはずの詩の姿が見えないことに気付き。

綴「…あ、アレ？　詩ちゃん？（と、キョロキョロし）」

　と、人混みの中に詩の姿を発見する。

綴「詩ちゃん…？（と、歩み寄り）」

　その時、詩とイベントのメンバーであるアーティスト・立石柊《しゅう》(21)の視線が交差する。

　ふたりはその瞬間、強い引力で惹かれ合う――。

　それは完全なる恋のはじまりだった。

綴「…」

　綴、踵を返し、逃げるようにその場を立ち去る。

37　中島公園前通り（N）

　タクシーを停めようと通りに出る晴道。
晴道「スイマセン、遅くなっちゃって」
也英「全然です。並木さんこそスイマセン」
晴道「ウチはこの近くなんで」

也英「……（そうか、とちょっと残念に思い）」
晴道「全然掴まンないっスねー」
也英「この時間、皆さんすすきのからお乗りになるので……」
晴道「あー、じゃアプリで呼んだ方が早いかー」
也英「いいですいいです、そんなの。全然待ちます」

也英、言いつつどこか嬉しそう。流れる光芒の中、束の間の時を愛おしむように晴道の背中を眺め。
晴道がスマホを弄っていると、ようやく1台のタクシーがやって来る。

晴道「あっ、来た来た。よかったー」
也英「……（あーあ、と）」

手を挙げ、タクシーを停めようとする晴道。
也英、なんとなく帰るのが惜しくて。
――と、衝動的に踵を返し。

晴道「（振り返り）……あ、アレ、野口さん？」
也英「やっぱりいいですッ」
晴道「え？」
也英「大丈夫です、ごめんなさい、なんか、急に……喉渇いちゃって、スイマセン（行ってください、とジェスチャーし）」

也英、そそくさと来た道を戻ってゆく。

38　中島公園・広島焼きの屋台前（N）

仕事帰りの恒美、電話しながら歩いている。

恒美「（以下広島弁）ウンウン……じゃけぇ、晴道さん今、仕事で忙しいンよ、残業やら色々あるンじゃって」

と、美味しそうな匂いにつられてふと立ち止まり。

恒美「（店主に）おじさん（コレ2つ、と）。そんなこと言いンさんな。こないだもお父さん達に会うの楽しみにしよったンよ。ウン、ホンマよ、じゃけぇ心配せんで」
店主「（ネギは？と）」
恒美「あ、アリで、多めで（お願いします、と）。……大丈夫。結婚式は予定通りやるけぇ」

と、自分に言い聞かせるように。

恒美「ハイハイ、ほいじゃあもう切るよ。お母さんにヨロシク」

恒美、電話を切り「ふー」と溜息をつき。

店主「たいぎい（しんどい、つらい）のぅ」

恒美「ほーんま、カバチゅう（文句）垂れンなですよ（と、肩をすくめ）」

店主「はよ彼氏ンとこ持って帰りンさい（と、広島焼きを渡し）」

恒美、「コクン」と頷き、微笑み。

39　同・自販機前（N）

也英、「あー、やってしまった」と自己嫌悪に陥りつつ、足早に自販機の前にやって来る。

財布からお金を出そうとまごついていると、追ってきた晴道が先にお金を入れてくれる。

也英「……（気まずそうに頭を下げ、適当にボタンを押し）」

晴道、出てきた缶を見て、フッと微笑う。

晴道「……コレでいいンすか？」

出てきたのはつぶつぶコーンスープだ。

也英「……（あ、と恥ずかしそうに）ハイ」

晴道、缶の口を袖で拭いて也英に渡す。

也英、お辞儀して受け取ると、開けずに大事そうに握りしめる。

晴道「……（と、見ており）」

沈黙するふたり。見つめ合い、親密な時間が流れる。

也英「……あの（と、何か言いかけて）」

と、その時——。

声「晴道っ」

ふたり、振り向くと、そこには恒美がいた。

〈Ep#4　END〉

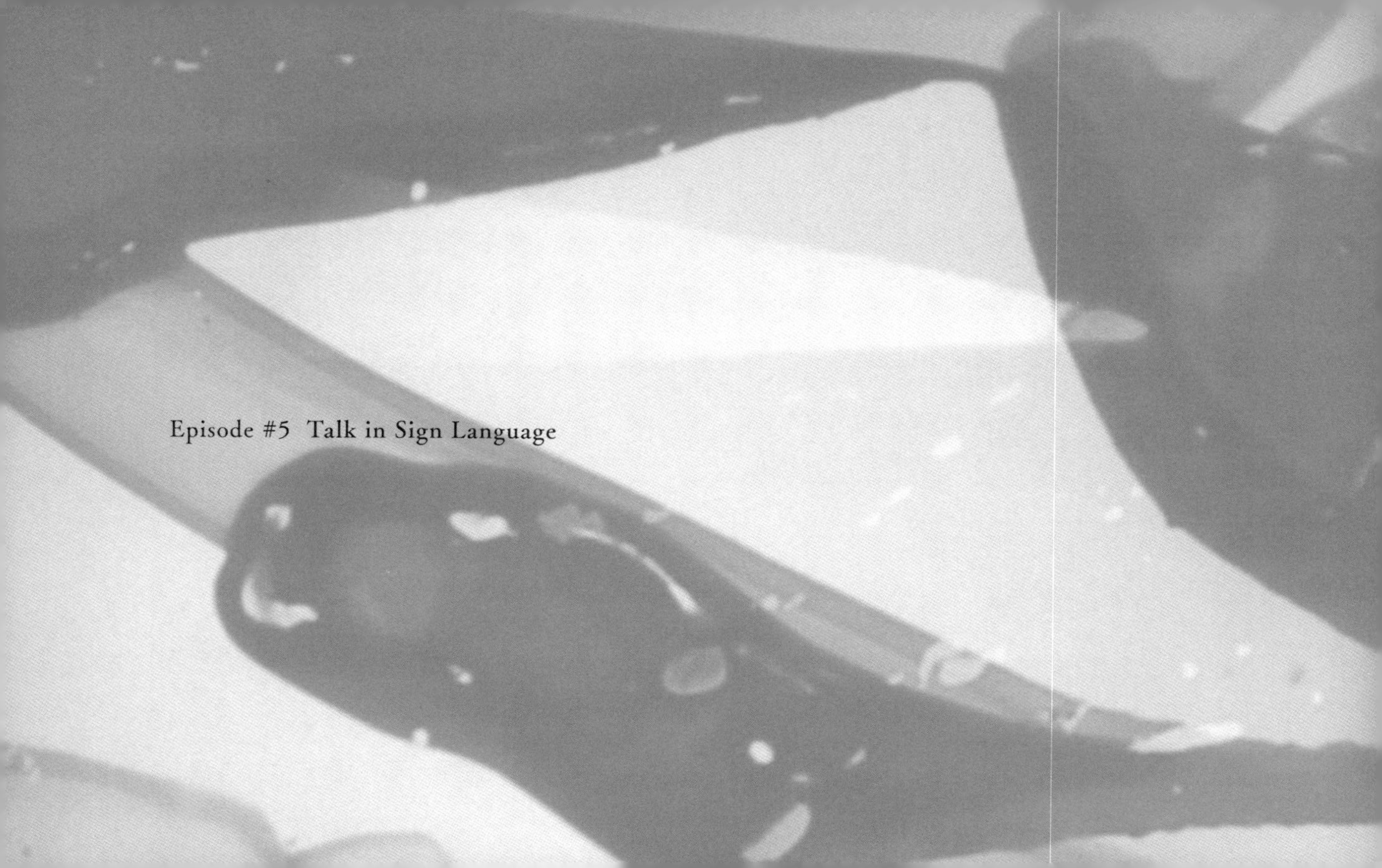

Episode #5 Talk in Sign Language

1

〈avant・1999年7月〉並木家・晴道の部屋

晴道(17)が鏡の前でウキウキと身だしなみを整えていると、優雨(14)が覗き込む。

優雨（手話）「(不機嫌な顔で) また来ンの?」
晴道（手＋声）「おう。お前ら、今日は絶ッ対俺の部屋入ってくンなよ」
優雨（手話）「は? キモっ」
晴道、「ぶー」と膨らませた優雨の頬を片手で挟み。
凡二「大好きな兄貴取られて機嫌悪いンだべ?」
優雨、茶化す凡二の尻に蹴りを食らわし出てゆき。

2

同・居間～縁側（N）

夕飯のエビフライをご馳走になっている也英。
也英を囲み、鼻の下を伸ばす並木家の男衆。
不貞腐れている優雨。
父・頼道《よりみち》(50)、ご機嫌で話し始め。

頼道「也英ちゃんはリンスインシャンプーってご存知? リンスとシャンプーがこう一体化したやつ」
晴道「またその話かよ」
也英「あ、ハイ（と、応えつつ優雨が気になっており）」
頼道「実はおじさんアレよ、中2ン時にもう思いついてたンだワ。時短のためにずっとシャンプーとリンス混ぜて使ってたから」
優雨（手話）「(不機嫌そうに) タルタル取って」
タルタルを握りしめたまま、熱弁を続ける頼道。
頼道「あン時発表してたら、今頃俺はここに居なかったべなァ」
母・雪代(44)、おかずを運びながら話に加わり。
雪代「ただ混ぜりゃいいってモンじゃないでしょうに」
凡二「混ぜるとどっちのパワーも弱まンじゃね?」
頼道「馬鹿だな、お前ら。大発明ってのはまずは発想だべヤ。朝シャンの時すすぎの回数が減るってことはヨ……（云々）」

優雨（手話）「（テーブルを叩き）タルタル取って！」

話に夢中で気付かない一同。

也英、話し続ける頼道の手からそっとタルタルを取ると、優雨に渡す。

優雨「…（え、と）」

也英（手話）「タルタルとエビって最高だよね。ソースにレモンちょっとかけるのも捨て難いけど」

一同、「えっ？」と也英の手話に驚き会話が止まる。

優雨（手話）「（ビックリしつつ）…そうなんだ」

晴道「え？　え、也英、いつの間に覚えたの？　手話」

也英（手＋声）「えー、だって、わたしだって優雨ちゃんと話したいもーん（と、事も無げに）」

晴道「…マジか。マジか！　優雨よかったな！（と、感動し）」

「わー」と、大喜びで拍手したりする一同。

優雨「…（目をパチクリさせ）」

道朗「俺は石鹸で洗う」

雪代「その話もう終わった」

×　　×　　×

食後、並んで縁側に坐り、何やらガールズトークを始める也英と優雨。

その様子を横目で見て、微笑む晴道。

雪代の声「晴道ー、スイカ切ったから運んで～」

晴道「凡二呼んでるよ」

凡二「俺かよっ」

仲睦まじい並木家にすっかり馴染む也英。

T『First Love 初恋』

3

〈2018年7月31日　※4話S#38の続き〉中島公園～同・自販機前（N）

広島焼きが入った袋を提げて、帰り道を歩く恒美。

と、視線の先に晴道の姿を捉える。

恒美「（あ、と思い、声を掛けようとして）…」

親密な雰囲気で見つめ合う也英と晴道。

恒美「……（何か予感があり）」

×　×　×

平静を装い近付く恒美。

恒美「……晴道っ」

振り向く也英と晴道。

晴道「……あぁ（と、少なからず動揺があり、也英に）。あ、一緒に住んでる、彼女の恒美です。こちら……」

也英、咄嗟に持っていた缶コーンスープを隠し。

也英「野口です！　野口也英と申します（と、お辞儀し）」

恒美「……（と、ゆっくり会釈し）」

也英「あの……息子が並木さんにお世話になってて。あっ、今そこでバッタリ会って。えっと……じゃあ、ここで失礼します。どうも、おやすみなさい！（と、頭を下げ）」

晴道「あっ、けどタクシー……」

也英「大丈夫です！　全然アプリで呼ぶンで!!」

逃げるように立ち去る也英。

恒美、心配そうに也英を見送る晴道を一瞥し。

晴道「……（と、気付き）行こう」

恒美を促し、背を向け歩き出す晴道。

恒美、何か思うところがあり、もう1度振り返り。

恒美「……ノグチヤエ（と、口の中で微かに反芻し）」

4　〈日替わり・翌朝〉晴道のマンション（M）

晴道がシャワーを浴びて出てくると、恒美が誰かと電話している。

恒美「ハイハイ、えーホントですか？　あははー、言っときます。ハイ、じゃまた。ハ〜イ失礼します（と、電話を切り）」

晴道「……誰」

恒美「お義母さん」

晴道「おふくろ？」

恒美「両家の顔合わせ、来週の晴道の早番の日に決めちゃったけど、大丈夫だよね？」

恒美、カレンダーの8月11日にもう丸を付けており。
晴道「……（と、見て）あぁ、うん。構わないよ。（恒美の態度の変化に気付いており）昨日の女性のことだけど……」
恒美「（遮り）おなか壊そうがナンだろうが、這ってでも来なさいって。あとちゃんと上着着ろってお義母さんが」
晴道「……はい」
恒美「あと、そういうのわたし全っ然気にならないから（と、話を一方的に切り上げ立ち去り）」
恒美、その辺の家具に足をぶつけ「いって」と。
晴道「……（見ており）」

5　ビル・防災センター（M）

欠伸をしつつ、「うぃーす」と出勤する晴道。
スーツ姿の大熊利一《りいち》と五木田《ごきた》圭吾の応対をしているコッシー。
コッシー「では、何かありましたらすぐにご連絡致します」
大熊「よろしく頼むよ」
晴道「……（会釈しつつ、退出するふたりをさり気なく注視し）」
コッシー「14階のオフィスで、盗難あったみたいで」
晴道「（報告書を読みつつ）社員さん？」
コッシー「代表と役員の方です」
晴道「……ふーん。警察には？」
コッシー「大ごとにしたくないとのことで。とりあえずここ2週間の防犯カメラ洗っときます」
晴道「あぁ、夜間の見回りも強化しとこう」
コッシー「はい」
晴道、何か考えつつコーヒーを淹れようとして。
コッシー「だーからー、それ直《ちょく》で入れちゃダメって言ったじゃないスかー」
晴道「え、そーなの」
コッシー「20回は言いましたけどそーです。もーボクやりますから」
晴道「はーい。手伝う？（とか、甘え）」
コッシー「いーです」
と、年寄りのように腰をさすりストレッチを始める晴道。
コッシー「……（と、憐れみの目で眺め）並木さんって小牧の401飛行隊にいらしたンすよね？」
晴道「そーだけど？　あ、なんか今ピキッて。ちょっとコ押して（と、コッシーの手を自分の腰に当て）」
コッシー「（押してやり）一介の陸士だったボクなんかからすると、空自のパイロットなんて、ミラクルスーパーエリートなワケですよ。高給取りで女の子にモテモテ的な」
晴道「や、それほどでも。まぁね（と、満更でもなく）」
コッシー「……（と、首を傾げ）なんでこんなとこにいるンすか？」
晴道「（頷き）確かに俺が辞めたのは国家的損失……」
コッシー「こんな、普通の人が普通に出来ることも出来ないくせに」
晴道「ちょっ、シツレイなー。俺ら、ノーザンライツ・ビルの安心安全を共に護ってるンじゃないか（と、肩を組み）」
コッシー「……（首をひねり）はぁ」
晴道、微笑ってコーヒーを啜りつつ――。
司会の声「卒業学生登壇」

6 〈回想・2005年2月〉鳥取・美保基地・ウィングマーク授与式典場

基本操縦課程を修了した候補生達が、整列している。その中に晴道(22)の姿も。
晴道は一層精悍で逞しい体つきになっている。
晴道「右向け前へ進め！」
晴道ら、3名の卒業学生が壇上へ上がる。
晴道「敬礼！」
隊員Aの声「並木はファイター志望だと思ってた」

隊員Bの声「自分もそう思ってたんですが。なんか心境の変化スかね」
司会「過程修了証書授与。2等空曹、並木晴道」
晴道「はい！」
基地司令「飛行幹部候補生、第3輸送航空隊、2等空曹、並木晴道。第13期基本操縦課程T-400を修了したことを証する……」
晴道、胸元にパイロットの証であるウィングマークを授与される。その横顔は、憑き物が落ちたように決然としていた。

7

〈2006年6月〉愛知・小牧基地・飛行場〜コックピット〜エプロン

T『AICHI, Komaki Airbase, June 2006.』

コ・パイロットとしてC-130に搭乗する晴道。

計器をチェックし、エンジンを始動する。

晴道「Taxi to Holding-Point runway 34 QNH 2992 carrier 74……Taxi lights on」

大空を飛ぶ巨大な機体。

確かな操縦技術を身に付け、自信に満ちた表情の晴道。

× × ×

フライトを終え、クルーと共に颯爽と降り立つ。

8

〈回想明け・2018年8月〉也英のアパート・寝室

ベッドに転がり、浮かない顔で丸くなっている也英。と、晴道からメッセージが届く。

『すみません。11日のナポリタン、用事が入って行けなくなりました』

也英「……リョウカイでーす（と、スマホを投げ捨て）」

テーブルに置かれた缶コーンスープがふと視界に入る。背を向けるように左へ寝返りを打ち——。

9

向坂家・綴の部屋

——右へ寝返りを打ち、同じく丸くなる綴。
と、手元のスマホにインスタの通知。
柊と仲睦まじく写る詩の投稿をつい見てしまう。
綴「……（スマホを投げ捨て、枕に顔を埋め、うー、と）」

10

〈2006年6月〉小樽・向坂家（点描）

T『HOKKAIDO, Otaru, June 2006.』
行人の生家のある小樽で暮らし始めた也英(23)。
掃除機をせっせとかけ、洗濯物を取り込む。
家中どこにいても綴(2)がトコトコついて来る。

×　　×　　×

お絵描き帳に、大きな赤い丸を描く綴。
也英「上手だねー。コレは……お陽さま？」
綴「イクラ」
也英「イクラかー（と、意外に思い笑ってしまい）」

×　　×　　×

両手いっぱいのお土産を抱えて帰宅する行人。
行人「ただいま（と、也英にキスし）」
也英「おかえり（と、微笑み）。……どしたの？　コレ」
行人の手は、バスケットボール、サッカーボール、バットとグローブでふさがっている。
行人「何好きかわかんないから、とりあえず色々買ってきた。ほら、綴！　ジョーダンだ！（と、ボールで遊び）」
也英「（プッと吹き出してしまい）相変わらず気が早いなー」

×　　×　　×

イクラの絵に囲まれ、陽だまりでお昼寝する也英と綴。幸せな日々。
綴が也英の生活の全てになる——。

11

歓楽街のクラブ（N）

大音量の音楽の中、ハメを外す晴道と同僚・小橋隆之、花岡豪《ごう》。

女の子を物色しながら酒を飲んでいると、セクシーな美女・ノエミ(20)が晴道に目配せする。

花岡、ニヤついて晴道を肘で突く。

視線を絡ませる晴道とノエミ。

12

ラブホテル(N)

裸のノエミと騎乗位する晴道。

晴道「あーやばいやばいやばい……それはマズイっ……」
ノエミ「だめーまだイッちゃ」
晴道「う~マジか。ハイ、がんばりまーす」
などと言っていると、元気に腰を振っていたノエミが急に寸止めし、イタズラな笑顔を向ける。
晴道「え、アレ……? どしたの?」
ノエミ「ねー、何でパイロットになろうと思ったの?」
晴道「え。え、今?」
ノエミ「ウン、今(と、焦らし)」
晴道「えーうー、あー、そりゃー……(と、少し考え)……安定してるンで(と、適当にはぐらかし)」
ノエミ「えーつまんなーい」
晴道「ねーつまんないよねー。よし、じゃもっとがんばろう」
と、バックにまわりおっぱいを揉みつつ——。

13

〈回想・2000年7月〉也英の高校(HRの時間)

頭の後ろで腕を組み、鼻鉛筆をしている高3の晴道。配布された進路調査票は真っ白なままだ。周囲を見回すと、皆スラスラと記入していてちょっと焦る。

14

並木家・居間

晴道に招集され、渋々居並ぶ並木家と凡二。

晴道（手＋声）「何でもいいから、俺のいいとこバンバン言い合ってくれ」
優雨（手話）「忙しいンだけど（と、腰を上げ）」
晴道「いいからほら（と、強制的に坐らせ）」
5人「……（どうぞどうぞと、互いに譲り合い）」
晴道「じゃ、凡二から」
凡二「（俺？　と）え－……丈夫？（と、苦し紛れに）」
道朗「（頷き）……風邪引かない」
優雨（手話）「……目がいい」
頼道「……丈夫」
雪代（手＋声）「それもう言った」
5人「……（ネタが尽き、沈黙）」
晴道「……ちょっ、それだけかよ？　おい、皆もっとちゃんと考えろよ（と、焦り）」
雪代（手＋声）「アンタ身体だけは丈夫に産んでやったンだから、とりあえず自衛官にでもなれば」
頼道「あー、たしか徳チャンとこの倅も今年陸に入ったろ」
道朗・凡二「それだそれだ」「うん、それがいい（などと無責任に）」
晴道「冗談じゃねー。誰があんな男ばっかの汗臭せーとこ」
と、嘲笑って一蹴し。

15

〈日替わり〉駅の待合室（M）

登校する晴道。ふと、掲示されている自衛官募集のポスターのモデルと目が合う。
晴道「いや－ないない（と、苦笑いし）」

16

〈日替わり〉北海道的な一本道

也英とアイスを食べながら歩く晴道。と、近くの基地のブルーインパルスの訓練に遭遇する。

也英、ジェット機の轟音にはたと足を止め、空を見上げ。

也英「……かっこいい（と、恍惚として）」
晴道「……!!?」
　也英のアイスがとろりと溶けてゆく。
　真っ青な空に射抜かれたビッグハートが浮かぶ
――。

17
〈日替わり〉駅の待合室（M）
　晴道、改めて自衛官募集のポスターを見る。
　『大切な人を護れる人に』というコピーが目に留まり。
晴道「大切な人を、護れる……（と、ボソッと呟き）」

18
也英の高校（授業前・M）
　机から進路調査票を出す晴道。
　と、でっかい文字で『希望進路　自衛隊（パイロット限定）、志望理由かっこいいから。以上』
　と書き、満足気に見る。

19
〈回想明け〉ラブホテル（N）
　事が終わり、裸で爆睡しているノエミ。
　晴道、ぼんやりと天井を眺めている――。

20
〈2007年1月〉向坂家・ダイニング～リビング～ダイニング（D～MN）
　医師の婦人会の幹事を任された也英(24)がお茶菓子を準備していると、姑・絹世《きぬよ》(56)が来る。
絹世「也英さん、戸川先生の奥様、甘い物召し上がらないから」
也英「あ、すみません……（と、片付け）」
絹世「それと、大河内教授の奥様はくれぐれも丁重におもてなしして頂戴。（耳元で）小樽医科大に強いパイプをお持ちだから。綴の将来のためにもしっかりね」

と、也英にへばり付いている綴に目を遣り。
也英「ハイ……（と、恐縮し）」
絹世、也英の服やメイクを舐めるように見て。
絹世「あ、それから……（と、行きかけて）」
絹世「上にお洋服用意しといたから、それ着替えてらっしゃい」
也英「（え、と）……あ、ハイ」

×　×　×

サロンが開かれ、旅行やグルメ、子息の受験話に花を咲かせる大河内美禰子《みねこ》をはじめとするマダム達。新参の也英に耳目が集まる。
戸川夫人「あら、也英さん素敵～。ＧＵＣＣＩの新作？」
也英「あー……（と、愛想笑いで首を傾げつつ）」
美禰子「也英さんはどちらの学校をお出になったの？」
也英「あ、東央大におりましたが、息子ができて中退しました」
美禰子「アラ……まぁ（と、気まずそうに周囲と目を合わせ）」
絹世、その様子を苦々しく見ており。
園部夫人「ご両親は何を？」
也英「母は地元の工場で……」
絹世「（遮り）お母様は空港関係の事業をなさってるのよね」
也英「（え、と）」
戸川夫人「まぁ、グローバルなご家庭でらっしゃるのね」
也英「……（と、薄く笑って目を伏せ）」

×　×　×

時計が0時を回っている。
也英、用意した夕食を前にうたた寝していると、行人が帰宅する。
也英「あ……おかえり」
行人「寝ててよかったのに（と、上着を渡し）」
也英「ごはんは？」
行人「済ませてきた」
也英「……（と、呑み込み）今日ね、お義母様が……」
行人「（遮り）今日は朝から3件のオペが続いてさ。脳腫

2人と脳動脈瘤が1人。それから息つく間もなく学会の準備。これから君がする話ってそれよりも重要なこと?」

也英「……(と、それ以上何も言えず)」

行人「風呂入ってくる(と、言い捨て出てゆき)」

也英、炊飯器の保温ボタンを切る。

行人の上着ポケットに手を入れると、女性物のピアスが出てくる。

ゴミ箱にピアスを投げ捨て、怒りを押し殺す也英。と、起きてきた綴が、不安そうに也英を見つめる。

綴「(何かを肌で感じ)ママ……?」

也英「(ハッとして)……ゴメンね。起こしちゃったね」

也英、唇をきゅっと結び、綴を抱き締め——。

21 〈2018年8月〉同・ダイニング(N)

大河内健三・美禰子夫妻を招いた夕食会が開かれ、甲斐甲斐しく酌をする行人。

綴と美津香も同席している。

美津香「大河内先生は絵もお上手だと伺いました」

大河内教授「ハハハ、学生時代に日展で入賞したこともあってね。メスを握るか筆を取るかで、一時は苦悩したもんだ」

美禰子「(苦笑し)やめてもらわなきゃ今頃、借家暮らしですよ」

大河内教授「コレコレ、ひどい言い草だろ?(と、笑い)」

行人「いえ、ご英断だったと言えます。先生が確立された大河内式術式で、多くの難治症例の患者の命が救われ、手術時間が大幅に短縮されたワケですから」

大河内教授「うん。僕には3Sというモットーがあってね……」

綴「『スピード、スキル、サティスファクション』ですよね。父に薦められた御著書を読ませて頂き、感銘を受けました」

行人「……(と、驚きつつ、してやったりという顔で頷き)」

大河内教授「こりゃ親父さんよりいい脳外科医になるンじゃないか?」
行人「(笑って)だといいンですけど」
盛り上がる大人達。
綴、そつなく合わせて微笑い。

22 同・綴の部屋(N)

綴、部屋に戻ると、Macを開きSoundCloudにアップしていた曲を全て消去する——。

23 〈2007年11月〉向坂家・玄関~リビング

デパ地下の買い物袋を抱えて帰宅する也英。
玄関にはメゾンの婦人靴。
綴が弾くピアノの音色と行人と絹世が談笑する声に反射的に襟を正し、扉を開ける。
綴「あ、ママ!(と、駆け寄り)」

也英を見ると、行人と絹世の会話がピタッと止まる。
也英「……お義母様いらしてたんですね。今、お茶淹れますね」
絹世「いいのよ、もうお暇するから。あ、也英さん。来月のウチの病院のパーティーだけど」
也英「(食材を出しつつ)ええ、50周年の記念の。伺ってます」
絹世「いい機会だから、綴をゲストの皆さんにご紹介しようと思うの。也英さんもいらっしゃれるわよね?」
也英「はい、もちろん。あ、では母にも伝えておきます」
絹世「……幾波子さんは今回はいいわ(と、冷笑し)」
也英「あ、ですが母もお祝いさせて頂くの楽しみにしてるので」
絹世「偉い方がたくさんみえるのよ。幾波子さんはちょっと、ね。場にそぐわないっていうか……ステージが違うでしょ。また酔っ払われても困るしね(と、侮蔑した笑みを浮かべ)」

也英「……（言葉を失い）」
　也英、何かを訴えかけるように行人を見て。
行人「……（と、その視線をにべもなく逸し）」
　その瞬間、也英の心が凍りつき――。

24 〈日替わり〉野口家・居間

　スーツケースを引き、実家へ帰って来る也英。
幾波子「あら、丁度よかった。今度の行人さんとこのパーティー、ママこれ着てこうと思うンだけど、ちょっと派手かな？」
　安物のドレスを当て、浮かれている幾波子。
也英「……（と、一瞥し表情を見せないように入ってゆき）」
幾波子「手ぶらじゃアレだし、いくらか包んだ方がいいよね、あちらサンお金持ちだから……」
也英「（遮り）そのパーティーなくなった」
幾波子「えッ？　どしてよ？　親族の皆さんみえるンでしょ？　ウチも行かないってわけには……」
也英「離婚することにした」
幾波子「……え？（と、困惑し）」
也英「悪いけどまた綴とここに住まわせてもらっていいかな」
幾波子「……それは構わないけど……やり直せないの？　也英ちゃんが謝って戻れば今なら……（と、狼狽し）」
也英「もう決めたから」
　事態が飲み込めず、悄然《しょうぜん》とする幾波子。
　也英、その気配を背中で感じており――。

25 〈回想・S#23の続き〉向坂家・リビング

　固まっている也英。その肩が小さく震えている。
絹世「（行人に）それじゃね、また連絡する（と、腰を上げ）」
行人「あぁ」
也英「……（と、小さく首を傾げたまま微かな声で）まって」
絹世「……(と、立ち止まり、怪訝そうに振り返り)」
也英「待ってください」
也英、毅然とした眼差しでふたりを見据え——。

26 〈回想・1997年1月〉野口家・台所(N~MN)

ひとりぼっちで夕飯を食べる也英(14)。
幾波子「ただいまー」
也英「あ、おかえり。ごはんは?」
幾波子「(首を振り)疲れたから寝る」
也英「ん、そっか(と、微笑み)」
也英、少し寂しそうに炊飯器の保温ボタンを切る。
コンロにはまだ温かい鍋が置かれている。

× × ×

也英、片付けを終えると、ぐったりとソファに体を預け、観るともなくTVを観ている幾波子が目に入る。
也英「……(その小さな背中を見つめ)」
也英、近付くとおもむろにチューブのハンドクリームを幾波子の手の甲に垂らす。
幾波子「……(と、少し赤い目で也英を見上げ)つめたい」
也英「(ぶっきらぼうに)……手ェガサガサ」
也英、隣に腰掛け、幾波子の荒れた手にクリームを擦り込んでやる。
と、だいぶ酒が入っている幾波子が、ポツポツと語り始める。
幾波子「……こないだアケミちゃんがね、あの人の奥さんにバッタリ会ったんだって。美人は美人だけど、愛嬌なくてつまんなそうな女だって言ってた」
也英「(興味なさそうに)へー」
幾波子「でもその奥さんに言われて家新築してンだってさ。どーせアッチのお父さんのお金だろうけど」
也英「あ、そう。はい、ソッチの手(出して)」
幾波子「……也英ちゃんのオネエサマ、今年札幌の私立受けるんだってさ。いいよね、お金に苦労ないウチは。……也英ちゃんも行きたい？」

也英「……別に行きたくないし、オネエサンとかいないし」

幾波子「……（と、ちょっとセンチメンタルになり）あの人と……パパと初めて会ったのは、網走の流氷まつりでね……」

也英「79年、初代ミス・オホーツクに選ばれたママに旅行中のパパが一目惚れしたンでしょ。その話800万回聴いた」

幾波子「（意に介さず）旅をしてきたのは、ママに逢うためだったって。こんな北の果てで出会って、次の日にはもう一緒に暮らしてた（と、少女のように恥じらい）」

也英「はいはい（と、優しく聴いてやり）――」

27　〈回想明け・S＃25の続き〉向坂家・リビング

也英、込み上げてくる思いを抑えながら。

也英「いい大学を出て、キャリアを築く。そのために子供の頃から必死で勉強しました。……母のようになりたくなくて。母は無学な労働者です。（と、手元の食材を見つめ）特別な餌で放し飼いされた1パック1250円の卵の味も、1本2500円するこだわりのオーガニック・トマトジュースの味も当然知りません。なぜ？　25年間、日に12時間、時には朝方まで町の工場で働いてわたしを独りで育てたから。裕福じゃなかったけど、お給料日には決まって隣町のモールで服を買ってくれました。自分はいつも同じ服を着て。……そんな母が、どうして他人から蔑まれなきゃならないンですか？（と、悔しさを滲ませ、テーブルを叩き）」

行人「……（と、ちょっと驚き）」

心配そうに見ている綴を抱き寄せ、涙でいっぱいの眼でふたりをきつく睨む也英。

也英「……母のこと悪く言われるのは許せません」

絹世「……（やれやれと、呆れ顔で）」

28

〈2018年8月〉タクシー営業所・談話スペース

お弁当をポツポツつまむ也英に、紅林が声を掛ける。

紅林「野口さん、今って行ける?」
也英「あ、ハイ(と、片付け始め)」
紅林「北1条のノーザンライツ・ビルね」
也英「あー……ノーザンライツ……(と、近くでハンバーガーを齧りながらゲームしていた冨樫に)冨樫さんどうぞ」
冨樫「あ、俺? なんで? いいの?」
也英「いいですいいです。今日わたしソッチの方角運勢悪いんで」
冨樫「マジで?」
也英「はい、原因不明の病いに冒されるので」
冨樫「マジか! 俺は? てんびん座。B型」
也英「西です西、たしか南寄りの西(適当)」
冨樫「西か……(と、真に受け)」

也英、冨樫を送り出し、「はー」と深い溜息をつき。

29

ビル・地下駐車場(E)

晴道、巡回していると優雨からメッセージが届く。
『愛瑠のお供でまたコッチ来てるよ〜』『まだ仕事?』
〈流星王子〉の握手会で、メンバー・オリンポスと自撮りしてもらっている愛瑠の写真『王子と♡』。
見たこと無いほどの笑顔に、「チッ」と舌打ち。

30

モール(E)

ベンチに坐り〈流星王子〉のTシャツを着て、うっとりしている愛瑠。
優雨のスマホに晴道から『もうすぐ終わる』と返

信がくる。

愛瑠（手＋声）「王子の手、色白すべすべで超超カッコよかった～♡　もぉぜーーーッたい手洗わない!!」

優雨（手話）「そぉ？　ママはパパのゴッツくてきったない手のがカッコいいと思うな～」

愛瑠（手話）「……（うーんと、ちょっと考え）まぁね」

　優雨、フフッと微笑いながら――。

31

〈回想・2007年4月〉優雨の美容院前～店内（閉店後・N）

T『11 years earlier』

　緊張した面持ちでやって来る凡二(24)。

　ピンク頭で新米の優雨(22)がひとりカット練習をしていると、来客を告げるフラッシュランプが点く。

優雨（手話）「(あれ？　と見て）……凡二？」

×　×　×

　凡二、妙に鼻息荒くスタイリングチェアに坐り。

凡二「大事な用あっから、カッコよくしてくれ」

優雨（手話）「モデルがそれなりだからなー」

凡二「るせー」

×　×　×

　真剣な眼差しで凡二の髪を切る優雨。

　近付く優雨の顔を、雑誌を読むフリをしてチラリと盗み見る凡二。

　優雨、カットを終え仕上げに襟足をバリカンで処理していると、凡二が腕をポンと叩く。

凡二「……（と、改まった顔で優雨を見つめ）」

優雨（手話）「……ナニ？（と、鏡越しに笑い）」

凡二（手話）「(胸の前にゆっくりと手を掲げ）オマエを愛してる。俺を、幸せにしてくれ」

優雨「……（と、呆然と立ち尽くし）」

　オイルで黒ずんだ手で、綺麗な指輪を差し出す凡二。

　優雨の目に涙が滲んでいる。

　驚きのあまり、そのまま凡二の後頭部を剃り上げ。

凡二「ちょっ……！」

32

〈日替わり・8月〉牧草地の結婚式場

バージンロードの先で待つ、凡二の後ろ姿。後頭部が剃り上げられ、モヒカン風になっている。ソワソワと腕時計を確認し、最前列に坐る雪代を振り返る。

雪代「……（まだ、と首を振り）」

音楽が鳴り、奥から頼道にエスコートされた優雨が登場する。

その美しい姿に既に泣きそうな凡二。

33

〈回想明け・2018年8月〉停車中のタクシー車内

（N）

也英、ぼんやりと客待ちしていると窓を叩かれる。

ハッとしてドアを開け。

也英「ご乗車ありがとうございます。どちらまで……」

客の声「（遮り）ノーザンライツ・ビル」

乗ったのはアタッシュケースを持った五木田だ。

也英「……（と、一瞬躊躇し）北1条の、ノーザンライツ・ビルでございますか？（と、念押し）」

五木田「あぁ、急いで（と、ちょっと高圧的に）」

也英「……かしこまりました（と、張り付いた笑顔で）」

発車するタクシー。

34

〈2007年8月〉牧草地の結婚式場・エントランス～式場内

寝坊してスラックスにシャツを突っ込みながら駆け込んでくる晴道。

雪代、「コッチ!!」と手招きし、晴道の襟元に付いた口紅を唾をつけて拭う。

席につくとちょうど誓いの宣誓が始まる。

優雨・凡二（手／声）「私達夫婦は互いを思いやり、家族を大切にし」

優雨・凡二（手／声）「できる限り体型をキープし」

凡二・優雨（声／手）「飲みに行ってもなるべくは（必ず）電車で帰り」

優雨・凡二（手／声）「どんな時も、笑顔いっぱいの明るい家庭を築いていくことを誓います」

見つめ合い、誓いのキスをする凡二と優雨。

晴道、その姿を感慨深く見つめ――。

35 〈2018年8月〉ビル・車寄せ（N）

ノーザンライツ・ビルに也英のタクシーが到着する。
也英「お待たせしました。1720円でございます」
五木田「釣りはいい（と、札を押し付け）」
也英「あ、ハイ、ありがとうございます。お忘れ物ございい……」
五木田、ひどく急いで降車する。
也英、座席を見ると足下にスマホが落ちている。
也英「あっ、お客様！」
五木田、既にビルの中へ消えており。
也英、仕方なくスマホを拾うと、子供の写真が待受画面になっている。
也英「……（微笑ましく思い、しょうがないなーと）」

36 ビル・エントランス～2階入場ゲート（N）

也英、周囲を警戒しながら入ってくる。

周辺に五木田の姿は見えない。

監視カメラからなんとなく顔を隠しつつ、オフィスへ続く入口を探す。

×　×　×

2階へ上がり、オフィスエリアのゲートまで来る。

だがセキュリティのためそこから先へは進めない。

案内板には『地下1階　防災センター』の文字。

也英「……（案内板とにらめっこし、うーん、と）」

37

同・14階廊下〜オフィス（N）

巡回する晴道。

と、オフィスから不審な物音がする。

警戒しながら薄暗い室内に入ると、部屋の奥に動く人影を確認する。

急行し、懐中電灯のライトを当てる。

そこには何やら書類を漁る怪しいスーツ姿の男。

男、晴道に気付くと、慌てて金庫に鍵を掛け、持っていたアタッシュケースを閉じる。

晴道「……（と、見ており）どうされました？」

男「あ……、忘れ物、取りに来て。もう済んだンで」

ライトに照らされた声の主は、五木田である。

晴道「……そうですか。念の為、緊急連絡先に確認させて頂きますね。（と、電話をかけながら近付き）失礼ですが……」

と、突如その辺の棚をなぎ倒し、逃走する五木田。

晴道、それを俊敏にかわし、急いで追いかける。

38

同・廊下〜エレベーターホール〜非常用階段（N）

五木田を追跡しながら無線で応援要請する晴道。

晴道「至急至急、並木から防災センター」

コッシーの声「どうぞ」

晴道「14階オフィスFブロック、マル対（警戒対象者）あり、応援願いたい」

コッシーの声「了解」

エレベーターホールへ駆け込み、飛び乗る五木田。

晴道、ボタンを押すが既の所《すんで》で間に合わず、降下してゆくエレベーターを目視する。

×　　×　　×

非常用階段を駆け下りる晴道。

コッシーの声「こちら大越、配転完了、各階出口施錠しました」

晴道「了解、俺は先回りするからお前はオフィスゲートに回れ」

コッシーの声「了解」

39　〈2007年8月〉野外テントのパーティー会場（N）

宴を愉しむ参列者達。

晴道、グラスを鳴らしてマイクの前に立つと、おもむろにスピーチを始める。

晴道（手＋声）「えー、今日はお集まり頂きありがとうございます。妹が……優雨の耳が不自由になったのは、俺のせいです」

40　〈2018年8月〉モール外（N）

待っている優雨と愛瑠。

愛瑠（手＋声）「ハルミチ遅いねー。居残りかな」

と、後方からベルを鳴らし向かってくる自転車の男。

愛瑠、気付き、習慣的に優雨の袖を引っ張る。

ふたりの近くを猛スピードで走り去る男。

愛瑠「ったく、危ないっつーの！（と、プンスカし）」

優雨（手話）「（愛瑠の肩を叩き）サンキュ（と、ニッコリ笑い）」

愛瑠「（任せなさい、と得意満面で胸を叩き）」

41　ビル・非常用階段〜2階入場ゲート〜2階フロア／3階スロープ〜ロビー〜階段（N）

長いスケルトン階段を汗だくで駆け下りる晴道。

×　×　×

五木田、エレベーターを降りると、入場ゲートで待ち構えていたコッシーとかち合う。

五木田、ぎょっとして再びエレベーターに飛び乗り。

コッシー「あっ、コラ！」

×　×　×

どうしたものかと、2階フロアをウロウロする也英。

と、吹き抜けから3階を激走する五木田が見える。

也英「あっ、お客様！　お忘れ物……」
　走り去る五木田。
　その後を追うコッシー。
也英「……（え、と）」

×　×　×

　1階へ到着し、ロビーを走る晴道。

晴道「こちら並木、C3通路から正面ロビーに移動」

コッシーの声「こちら大越、現在3階Bブロックにてマル対を追跡中」

　晴道、2階へ続く階段を見上げると、也英が階段の途中で行ったり来たりしているのが見える。

晴道「（え、と目を疑い）……こちら並木、正面階段に一般者確認、安全確保を第1優先の上……」

　と、上階からコッシーと五木田の声が聴こえる。

五木田・コッシー「うぉーーー！」「オラーッ！」

　ふたりの声に、上階を振り返る也英。

　晴道、捷《はしこ》く危険を察知し反射的に階段を駆け上がる。

　五木田、階段上でコッシーに追いつかれると、アタッシュケースで反撃する。かわすコッシーの一瞬の隙をつき、転がるように階段を駆け下りる。

　と、階段の途中で立ち往生する也英と鉢合わせし。

也英「あ、あの……お客様……（と、スマホを出そうとして）」

五木田「どけ!!」

　動転した五木田、咄嗟に也英を突き飛ばし。

　也英、足を踏み外し体勢を崩す。

　転げ落ちるスマホ。

　也英、ぎゅっと目をつむり――。

　その瞬間、倒れ込んだ也英を全身で受け止める晴道。也英を抱えたまま、勢いよく階段を転げ落ちる。

　也英を庇い、地面に強く叩きつけられ――。

42
〈2007年8月・S#39の続き〉野外テントのパーティー会場（N）

晴道（手＋声）「――ガキの頃、自分はウルトラマンになる男だと思ってました。……けど実際は、目の前で溺れる妹すら助けられない、弱く無力な人間です」

×　×　×

〈フラッシュ〉1991年8月、川岸。真っ青な顔で立ち尽くす晴道(9)。

視線の先には、頼道に抱えられ、頭から血を流してぐったりする優雨(7)の姿。

雪代「優雨!?　優雨!!　おじいちゃん救急車！」

慌てて駆け出す道朗。

――世界から音が消える。

×　×　×

目頭を熱くして聴いている雪代、頼道、道朗。

大粒の涙をこぼす優雨、その手を優しく握る凡二。

晴道（手＋声）「強くならなきゃなンない。こんな俺でもそう思えたのは、どんな逆境でも前向きだった優雨のお陰です。思うに、全ての出会いと別れは運命に導かれてる気がします。どんな出来事も人生にとってはかけがえのないピース」

×　×　×

〈フラッシュ〉とびきりの笑顔を向ける16歳の也英。

×　×　×

晴道（手＋声）「……世界を救うことはできないけど、（と、おもむろに両腕を広げ）せめて半径90cmの大事な人達のことくらいは護れる男でいたい。世界一の妹と、俺の大事な相棒が家族になる、最高の夜を祝って」

号泣して晴道に飛びつく優雨と凡二。

万雷の拍手のかわりのジェスチャー（キラキラ星の振り付けのように両手をひらひらさせる）をする参列者達。

愛に溢れた夜が更けてゆく――。

43

〈2018年8月〉ビル・1階階段下（N）

階段から転落し、倒れる也英と晴道。

追って来たコッシー、五木田を素早く取り押さえる。
応援の警備員に両脇を抱えられ、拘束される五木田。
晴道の腕の中で恐る恐る目を開ける也英。
晴道、心配そうに也英の顔を覗き込み。
晴道「……大丈夫スか？　怪我は!?　どっか痛むとこは？」
也英「（恐怖で震えながらも、必死に首を振り）」
晴道「……（と、安堵し、無邪気に微笑い）あーーよかったー」
也英「……（首を振り、震える声で）並木さん……並木さんは」
晴道「よかった……よかった」
我を忘れ、也英をぎゅっと抱き締める晴道。
也英「（その体温と圧に胸が締め付けられ）――」
也英、晴道の胸の中でポロポロと涙が溢れ出す。
と、安心した晴道を、立ち所に腰の激痛が襲う。
晴道「っ……うぅー……（と、呻き、顔を歪め）」
也英「……並木さん？　並木さん!?」
コッシー「並木さん！　救急車!!」
晴道、意識朦朧となり、そのまま気を失い――。

44　病院・病室（N）

眠っている晴道。

泣き腫らした顔で付き添う也英。

×　×　×

〈フラッシュ〉処置室の廊下で不安げに待つ也英。

担架で運ばれ出てくる晴道。

也英、小向医師に駆け寄り。

小向医師「神経が圧迫されて、下肢《かし》に麻痺の症状が見られますので、明日緊急手術を行います。詳しくは、ご本人が目を覚ましたらご説明します（と、忙しなく立ち去り）」

也英「（動揺し）あ、あの、手術って……（と、看護師・

松久保倫子《りんこ》に)」

倫子「前職で、重いヘルニアを患ってらしたみたいで。階段から落ちて悪化したのね」

也英「……前職」

倫子「ええ、パイロット時代に1度手術されてるようです。腰に地雷抱えて、こんな無茶するなんてね(と、呆れ顔で)」

也英「……(と、聞いていられず)」

× × ×

也英、晴道の手をそっと握り、祈るように見つめる。

と、うっすら目を覚ます晴道。

也英「(安堵し、さっと手を離し)……ご気分はどうですか?」

晴道「……あ……、えっと」

也英「病院です。並木さん、鎮痛剤打ってしばらく眠ってらして。部下の方はさっき警察に」

晴道「あぁ、ハイ。なるほど(と、まだ痛みがあり、顔を歪め)」

也英「……ごめんなさい。ごめんなさい。わたしのせいで、並木さんにこんな……(と、沈痛な面持ちで俯き)」

晴道「……(と、微笑って首を振り)もっとこう、野口さん抱えて、パッと着地するイメージだったンすけど。ジェイソン・ボーン的な感じで。全然、普通にコロコロ転がりました(と、面白そうに笑い)」

也英「……(と、首を振り)」

気力で身体を起こす晴道。

也英、心配そうに介助し。

晴道「俺の仕事なんで。……それに、野口さん死んじゃったら、俺困ります。まだ例のナポリタン食ってないですし」

也英「……(と、苦しそうに俯き、頷き)」

と、病室に駆け込んでくる優雨と愛瑠。

優雨・愛瑠(手/声)「お兄ちゃん!!」「ハルミチ!!」

愛瑠「大丈夫!? 痛いのどこ? (と、顔をペチペチ触り)」

晴道「ヘーキヘーキ。(と、愛瑠のTシャツを睨み)言っとくけど、お前の王子は俺だ。歳はいってるけど（と、微笑い）」

晴道、「ぶー」と膨らませた愛瑠の頬を片手で挟み。

優雨（手話）「も〜心配させないでよ！（と、半泣きで晴道をぶっ叩き）ビル行ったらココ運ばれたって！　何があったの!?　大丈夫なの？（と、布団を捲ったりして）」

晴道（手＋声）「痛いって。あーもーうっさいなー」

優雨（手話）「ハ？　何？　声出してませんけど？」

晴道（手＋声）「ハイハイ、もうね、顔全体うるさい（などとじゃれ合い）」

也英、優雨と晴道の手話を見ており。

優雨（手話）「…あれ（と、也英に気付き）、え、もしかして也英さん？（晴道に）ん…どゆこと？　なんでココに…？（也英に）あ、憶えてますか？　アタシ…」

晴道「（優雨を強めに制し、後で話す、と手話で）あ、スイマセン。コイツ…（と、也英に）」

也英「…（と、戸惑いつつ）」

也英、おもむろに〈家族〉という手話を表し。

也英（手話）「…ご家族の方…ですか？」

晴道「…（え、と優雨と目を見合わせ）」

也英、何故か手話が理解できる自分に驚きつつ。

愛瑠（手話）「（也英の手話を見て）ママのおともだち？」

優雨（手話）「あ、うン…（也英に）妹です。妹の優雨。昔よく…」

晴道「（再び制し）スイマセン。コイツ多分誰かと勘違いしてて。…野口さん、ソレ…手話、わかるんスか？」

也英「…あぁ、なんか見たら、自然に…なんで出来たンでしょう（と、首を傾げ、不思議そうに自分の手指を眺め）」

晴道「…（と、複雑な表情で見つめ）」

優雨、也英の様子を由有り気《よしあ》に見ており——。

45

〈ａｖａｎｔの也英目線・１９９９年７月〉並木家・縁側（Ｎ）

食後、也英の肩を叩き、ちょこんと隣に坐る優雨。

也英（手＋声）「(笑顔を向け) 優雨ちゃん、わたしね、いつか家・・・・」

也英、〈家族〉という手話をど忘れしてしまい。

優雨（手話）「(也英の手に手を添えて)〈家族〉」

也英（手＋声）「(頷き) いつかこんな〈家族〉を持ちたい。お父さん、お母さん、おじいちゃん、お兄ちゃん、可愛い妹がいて」

優雨「(したり顔で頷き、自分を指し)」

也英（手＋声）「皆で毎日笑ってごはんを食べる。いつかそういう家族を」

優雨（手話）「たまにウザいけどね（と、照れ隠しで笑い)」

打ち解けて話すふたりを横目で見て、微笑む晴道。

雪代「晴道ー、スイカ切ったから運んで〜」

晴道「凡二呼んでるよ」

凡二「俺かよっ」

優雨（手話）「・・・・お兄ちゃんの秘密教えてあげよっか」

也英（手＋声）「えっ、なになに？」

優雨（手話）「今はイキがってるけど、３年生まで母乳依存症だった。あとトイレ行く時、大体全裸」

也英（手＋声）「えーホントに？（と、ケラケラ笑い)」

優雨（手話）「あと、こないだＡＶの延滞で２万払った」

也英（手＋声）「ＡＶ？　２万!?　あははーーウケる！」

晴道「(気付き) おい！　お前ら何話してンだよ！」

真っ赤な顔で優雨をヘッドロックする晴道。

爆笑する一同。

並木家に囲まれ幸せそうに笑う也英。

〈Ｅｐ＃５　ＥＮＤ〉

Episode #6 The Sixth Sense

1

〈avant・2009年12月〉新千歳空港・発着ロビー

アナウンスの声「ノルン航空からお知らせ致します。本日14時以降の発着便は、大雪の影響で全便欠航となります……」

大雪で欠航便が相次ぎ、混雑するロビーを、CAの制服を着た也英(27)が颯爽と歩く。

ビジネスマンらが次々と振り返り、その美しく華やかな姿に惹きつけられる——。

T『First Love 初恋』

2

〈2007年11月〉小牧基地・正面ゲート前

T『AICHI Komaki Airbase, November 2007.』

イラク派遣に反対するデモ隊が押し寄せ、シュプレヒコールをあげている。

3

同・第1格納庫～エプロン

司令官「リスクは決してゼロではない。だが、この場に挑む諸官の存在が、我が国存立の基盤であり、国家の平和と安全の礎《いしずえ》である。イラク全般の治安情勢は依然予断を許さない状況であるが……」

C−130を前に整列し訓示を聴く、第14期復興支援派遣輸送航空隊とその家族ら。

× × ×

妊娠中の優雨、晴道(25)の服を引っ張り。

優雨(手話)「(不機嫌そうに)ホントに行かなきゃダメなの?」

晴道(手話)「行けと言われたら行くのが自衛官」

優雨(手話)「だからって……」

晴道(手話)「(優雨のおなかにポンと手を当て)自分の国護るってのは、要は家族を護るってことだろ(と、優しく微笑み)」

晴道、不満げに「ぶー」と膨らませた優雨の頬を片手で挟み。

凡二「なんかあったら（と、声を潜め）すぐ逃げてこいよ」

晴道「（微笑って）皆をよろしくな（と、凡二の肩を抱き）」

×　　×　　×

日の丸を振る家族に見送られ、敬礼する隊員一同。

4　〈2018年8月〉ビル・防災センター

可愛い抱き枕を抱え、ふんぞり返っている晴道。

晴道「コッシー耳掻き取ってくれる？」

コッシー「……（と、立ち上がり、取ってやり、また坐ろうとして）」

晴道「あとコッシー、コレおかわりお願い（と、カップを差し出し）。あとコッシー、コピーするからちょっと俺押して」

コッシー、キャスター付きの椅子の背を押してやり。

晴道「あ、コッシー」

コッシー「あーめんどくさっ。退院したばっかなんスから、まだ家で寝ててくださいよ」

晴道「坐ってンのがいちばん楽なの。ねぇ紙ない、コレ、紙」

コッシー「……（紙を入れてやり）そーいや逮捕された五木田って奴、借金まみれだったらしいスよ。会社の金使い込んで、最後に開発データ？　とか盗ってトンズラする気だったみたいで」

晴道「あー、そう」

コッシー「……並木さんが助けたのって、例のタクシードライバーの女性ですよね。記憶失くしちゃった、初恋の」

晴道「……なんで」

コッシー「なんでって……よく云いますよ、そんな体張っといて。……それにずっと泣いてましたよ、あの人」

晴道「……（と、思わず目を逸らし）」

コッシー「試しに言ってみちゃったらどーです？　ふた

りは昔、深～く愛し合った、ただならぬ関係だったンだよとか」

晴道「……（と、おもむろに紙の束でコッシーをひっぱたき）」

コッシー「あいたっ」

晴道「今更言って何になンのよ。思い出すことが彼女を苦しめるかもしンないし、言ったとこで俺はどうもしてやれない」

コッシー「……（ふーん、と）」

晴道「……あーなんかまた痛くなってきた（と、誤魔化し）」

コッシー「もう帰ってください」

5　同・従業員用通用口外（E）

タクシーを横付けし、緊張気味に待つ也英。

と、脚を引きずり出てくるスーツ姿の晴道。

也英、普段と違った晴道の姿につい見入ってしまい。

晴道「……（と、目が合い）あ、え？」

我に返り、お辞儀する也英。ふーと息をつき。

也英「今日からリハビリ終わるまでの間、並木さんの専属運転手になります。文字通り、足に使ってください！」

晴道「……（と、呆気にとられ）イヤイヤ、さすがにそれは」

也英「見くびらないでください。こう見えてわたし、会社で売上1、2を争うくらい優秀なんですよ。優良マークだってほら（と、ボディに貼られたＡＡマークを示し）」

晴道「（見て）あ、すごい。や、そういうことではなく」

也英「ネットで調べたら、手術後は坐ってるのが1番楽だって書いてありました。わたしのタクシーならどこでもドアトゥドアですし、交通費もタダで済みます。これは生理学的にも経済学的にも正しい選択と言えます」

晴道「いや、野口さん……」

也英「……これくらいさせてください（と、頭を下げ）。わたしに出来ること他に思いつかなくて。お仕事とはいえ、並木さんはわたしを護ってくれました。命懸けで。だからわたしも、自分の仕事でお返ししたいンです。それに……」
晴道「……（それに？　と）」
也英「いえ（と、小さく首を振り）。通勤と、他に御用命あればいつでも呼んでください（と、ニッコリ笑い）」
　也英、後部座席の扉を開け「どうぞどうぞ」と。
晴道「……（と、やむを得ず了承し）」

6　〈2009年7月〉機内食製造工場・駐車場〜工場各所（N・点描）

　T『HOKKAIDO, Memanbetsu, July 2009.』
　巨大な駐車場に車が停まる。
　車から降りると慣れた足取りで従業員通用口を入って行く也英(26)。

×　　×　　×

　作業着姿の也英がタイムカードを押す。
　タイマーをセットし念入りに手洗い、エアドライヤー、アルコール消毒、エアシャワーで全身の埃を吹き飛ばす。

×　　×　　×

　ひたすらサンドイッチを切る同僚・小松操恵《みさえ》(45)。
　流れ作業でオリーブを刺す也英。淡々と機械的に。
　金属探知機のレーンを流れてゆくプレート——。

×　　×　　×

　終業し帰ろうとすると、チャイルドミール用のクマの顔がついたプリンが余っていることに気付く。
也英「あの、コレ貰ってっていいですか？」
リーダー「（一瞥し）あー、どうぞ」
　也英、頭を下げプリンを懐に入れて足早に去る。

7

野口家・玄関～綴の部屋～台所～也英の部屋（EM～M）

クタクタに疲れて帰宅する也英。

×　×　×

扉を開けると、綴(5)がすやすや眠っている。

×　×　×

欠伸しながら綴のデコ弁を作っていると、幾波子が起きてくる。

也英「あ、今日も掃除の仕事の後またすぐ工場だから、悪いけど綴のお迎えお願いしていい？」

幾波子「……さすがに身体壊すよ。昼も夜もじゃ」

也英「……（と、微笑って聞き流し）冷蔵庫にプリン入ってるから食べさせといて」

×　×　×

服のままぐったりと眠りに落ちている也英。

幼稚園の制服姿の綴が、寝室のドアをそっと開ける。

綴「（小声で）いってきます」

也英、夢を見ているようで——。

声（英語）「...Mr.Namiki? Mr....」

8

〈1999年6月〉也英の高校・教室（授業中～中休み）

爆睡する晴道(17)に、英語教師・柚木《ゆのき》湊《みなと》が質問する。

後ろの席の也英がペンで突つくが、全然起きない。

柚木先生「Well someone just volunteered for some special homework.（彼には何かスペシャルな宿題を出しておきます）」

一同「（笑い）」

柚木先生「Okay, may I have an answer from...Ms Noguchi instead? What changed their relationship.（代わりに野口さん答えられる？　このふたりに変化をもたらしたきっかけは何だったと思う？）」

也英「……（まじか、と）I…I suppose…It was when Mr Darcy confessed his love.（私は、ダーシーの愛の

告白だと思います)」

流暢な英語で設問にスラスラと答える也英。

柚木先生「(おや、と) Very good. Would you care to elaborate any further on what you learned from the novel? (では、あなたはこの物語から何を学びますか?)」

也英「The **initial** result may not have been **brilliant** but. Mr Darcy's brave confession changed everything. (素晴らしい出だしではなかったかも知れませんが、ダーシーの勇気ある告白で物語は進みました)」

と正確に答える也英。

柚木先生「(ほぉ、と感心し) Well, yes. Thank you Ms Noguchi.」

ホッとして席につき、ちょうど目を覚ましてご機嫌に欠伸する晴道を「もーっ」とペンでぶっ刺す。

× × ×

授業後、柚木先生に呼ばれる也英。

也英「(恐る恐る)なんでしょう」

柚木先生「野口さんってどこか留学してたことあるの?」

也英「いえ、まさか。北海道から出たこともないです」

柚木先生「(驚き)いい先生に習ったのね」

也英「・・・(と、ちょっと嬉しく)父が『ハリー・ポッター』を送ってくれて。出張先の外国から。それで面白くて毎日読んでたら、だんだん意味がわかるようになって。英語が好きになりました」

柚木先生「(感心し)どうりでクイーンズ・イングリッシュなワケだ。夏休み明けにスピーチコンテストがあるの。野口さんを学校代表として推薦しようと思うんだけどどうかな?」

「わたし?」と、キョトンとする也英。

9 〈2018年8月〉走るタクシー車内

也英「どちらまで参りますか?」

晴道「・・・じゃあ、パークホテルまで」

也英「かしこまりました」

後部座席で、不慣れなネクタイを締めている晴道。
也英「……（と、ミラーで見ており）デート、ですか？」
晴道「あ、いえ……。親同士の顔合わせで（と、誠実に答え）」
也英「（笑顔で頷き、手鏡を差し出し）よかったらどうぞ」
晴道「……（と、会釈して受け取り）」
晴道、ネクタイを確認しつつスマホを見ると、充電が残り僅かになっており、「あー……」と。
也英「（運転しつつ、気付き）どうぞ」
と、充電ケーブルをさり気なく差し出す也英。
晴道「スイマセン……（と、受け取り）」
也英「あと、コレもよかったら（と、飴が入った籠を差し出し）あ、ガムのがよかったらガムも。あと源氏パイも……」
晴道「（なんか微笑ってしまい）じゃひとつ（戴きますと、取り）……ひょっとして磁石と懐中電灯もあったりします？」
也英「（当然のように）あ、はい、あります。どうぞ」
と、方位磁石と懐中電灯を差し出し「……ん？」と。
気付くと、晴道は「ククク」と笑いを堪えている。
也英「……（あ、と）」
晴道「……スイマセン（と、まだ笑っており）」
也英「……（と、恥ずかしくなり）万一に備えて」
晴道「……（と、笑顔で頷き）はい」
晴道、貰ったハッカ飴を見つめており――。

10

――〈回想・1999年7月〉女満別駅前～バスターミナル（M）

也英、ハラハラして待っていると晴道がやって来る。

晴道「（寝癖頭を掻き）わりー、寝坊した！」

也英「（走りながら）急いで急いで！　22分のバスに乗れば、8時1分の釧路行きの電車に乗って、着いたらバスターミナルで自転車借りて10時にはウトロに着ける！　帰りは4時半までに返却すれば4時51分の電車に乗れるから！」
晴道「（ちょっと面食らい）お、おう」
　ふたりがバスターミナルへ走って行くと、バスはちょうどそのタイミングで行ってしまう。
也英「あーー（と、肩を落とし）」
晴道「…（テヘペロ）」
也英「（時刻表とにらめっこし）次は1時間後かぁ。てことは釧網《せんもう》線の乗り継ぎに間に合わないから…」
　欠伸しながらベンチに腰を下ろし、也英の大きなリュックを眺める晴道。
晴道「夜逃げでもするつもり？」
也英「…だって雨降ったら困るでしょ。あと迷子になった時の磁石と懐中電灯と、虫よけと、クマよけと、万が一の時の食糧…」
晴道「（笑って）俺ら、ちょっとそこまでピクニック行くだけだよね」
也英「つねに最悪の事態に備えるの（と、口を尖らせ）」
　也英、リュックからハッカ飴を出し晴道に渡し。
晴道「（口に放り）例のスピーチコンテストはどうなったの」
也英「（口に放り）それなら断った」
晴道「え。え、なんで？　断る理由あンの？　優勝したらオーストラリアっしょ？　コアラっしょ？」
也英「絶対ムリだもん。帰国子女でもないのにそんなの出たって笑われるだけ（と、ちょっと残念そうに）」
晴道「ふーん…ウチのカノジョの唯一の欠点は自信がないことだな。こんなことしたら笑われるかもしンない、がっかりさせるかもしンない。頭よすぎて、いっつも人より先回りして、落下点予測して守りに入る」
也英「…（図星で）それパパにも云われた。キミが外野手なら、ゴールデングラブも夢じゃないって」
晴道「父ちゃんとは？」
也英「…（と、首を振って）最後に会ったのは3年前かな」
晴道「会いたくないの？」

也英「ママが嫌がるから」
晴道「……（と、すっくと立ち上がり）よし行こ」
也英「え？　どこに？」
晴道「父ちゃんち小樽だろ？　今から行きゃー最終の飛行機で帰ってこれるっしょ」
也英「ヒコーキ!?　でも予定……」
晴道「予定は変更～（と、リュックをひょいと背負い）」
戸惑う也英の手を引いてグイグイ歩き出す晴道。

11

〈回想明け・2018年8月〉札幌パークホテル・エントランス／タクシー車内

タクシーが到着する。
降車し、窓越しに会釈する晴道を笑顔で見送る也英。
と、綺麗に着飾った恒美が心配そうに出てくる。
晴道を見るとネクタイをさっと直してやり、自然と腕を絡ませ中へ入ってゆく。
とてもお似合いなふたり。
也英「……（と、ちょっと切なく見て、ダメだダメだ、と）」
発車するタクシー。
晴道、走り去る也英のタクシーを一瞥する。

12

〈2009年7月〉女満別空港・ロビー

ダブルワークで空港の清掃業務をしている也英。
モップをかけていると、前方からやって来る華やかなCAの一団に目を奪われる——。

13

〈1999年7月〉同・ロビー

シャッターするCAの一団、その姿を凝視する也英。
と、晴道がエアチケットを持ってやって来る。
晴道「サイコー。昼前には小樽着けるって」

也英「(辺りを見回し) ちっちゃい頃よく来たの。テストの点が良かった時とかママの機嫌がいい時は、あそこでクリームソーダ飲むのがお決まりのコースだった」
晴道「へー」
也英「……笑わないで聞いてくれる?」
晴道「笑うかよ」
晴道にコソッと耳打ちする也英。
晴道「CA⁉　也英が?‼」
也英「しっ‼ (と、顔を真っ赤にして晴道の口を塞ぎ)」
晴道「すげーいいじゃん! ピッタリじゃん! ウン、也英ならなれる! 絶対! 俺が保証する‼」
也英「……そうかな。そっか (と、嬉しく)」

14 〈2009年7月〉同・ロビー

CAの一団の後ろ姿をぼんやり眺めている也英。
通行人A「悪いけど、コレ捨てといてくれる?」
也英「あ、ハイ (と、愛想笑いでゴミを受け取り「……」と)」

15 〈日替わり〉野口家・居間〜玄関

綴「ママのウソつき!」
膨らませた浮き輪を抱え、地団駄を踏む綴。
綴「ねぇプールは⁉　プール‼」
也英「ゴメン! 一緒にお仕事してる人が急におなか痛くなっちゃったンだって。今度絶対行けるようにするから。コアンドルの苺パフェも付けちゃおっかな〜(と、おどけ)」
言いながら、幾波子に「お願い」と目で合図する。
綴「……どうせおそうじするだけのおしごとでしょ!」
幾波子「綴!」
也英「――(と、思わず動きが止まり)」
綴「…… (幼心に決まり悪さを感じ、也英の背中を見つめ)」
也英「(込み上げるものがあり)」

黙ったまま、顔を見せないように玄関へゆく也英。

去り際に視界の隅で幾波子を見ると、綴を羽交い締めにし「いいから早く行け」と手で合図している。

16 〈1999年7月〉小樽・運河の橋上

幾ばくか緊張した面持ちで待つ也英。
声「野口也英！」
振り返ると、視線の先には父・津島昭比古《あきひこ》(48)の姿。
也英、弾ける笑顔で手を振り――。

17 老舗の鰻屋・店内

向かい合って坐り、お茶を飲む也英と昭比古。
昭比古「(男だろうなと予感しつつ) 一緒に来たオトモダチは？」
也英「鰻よりウニいくら丼食べたいって」
昭比古「夏は鰻だろ～ (と、ちょっと牽制)」
店員がうな重を運んで来る。
昭比古「おっ、きたきた」
蓋を開けると、鰻がお重いっぱいに詰まっている。
也英「いただきまーす。(口に入れ) んー、頬っぺた落ちそう」
幸せそうに鰻を頬張る也英。
と、昭比古が自分の鰻を箸で切り分け、おもむろに也英のお重に載せる。
也英「…… (見て、こんなに？ と)」
昭比古「鰻はしっぽがいちばんうまいの」
也英「それホント？」
昭比古「(頷き) どっかの学者が証明してる」
也英「ふ～ん (内心嬉しく) ……いっつもそうだよね。いちばんいいとこくれるの」
昭比古「そうだっけ」
也英「そうだよ。蟹の親爪もステーキの霜降りもケーキの苺も」

昭比古「親ってのはそういうモンですよ」
也英「そうですか」
昭比古「そうです」
　お新香や吸い物を、交互にモグモグ食べるふたり。

18　洋風建築のカフェ

　昭比古が銀座鳩居堂《きゅうきょどう》の包みを差し出す。
昭比古「入学祝いに買ったまま渡せずじまいで」
也英「(美しい包装紙を見つめ)ギンザ……」
　中には外国製の万年筆とインクが入っている。
昭比古「貸してごらん(と、万年筆を受け取り)。いいかい、こうやって先っぽを浸して、ゆっくり吸い上げる。いっぱいになったら戻して、ペン先の汚れを拭く、と。この際、手が汚れるのは当たり前だと思いなさい……クソッ」
　手に付いたインクを紙ナプキンで拭く昭比古。
昭比古「……どうだメンドくさいだろう」
　頬杖をついてクスクス笑う也英。
昭比古「まぁ、このメンドくささってのが人生には時に必要でさ、メンドくさいことしてる間に、書き出しはどうしようかな？　『拝呈』の時は『敬白』でよかったっけな？　恥かいたらヤだから辞書引いとこうかな。とか、まぁ一通り考えるワケよ。いわば思考の猶予期間。思考猶予って」
也英「ダジャレ？」
昭比古「今の忘れて」
　と、笑っていた也英の顔からふと色が消える。
昭比古「……悩める若者は何ゆえに、朝の7時に電話よこしてこんな遠くへやって来たんだい？　どうせ幾波子にも言ってないンだろ？」
　沈黙し万年筆に視線を落とす也英。
也英「(重い口を開き)……トウキョウってやっぱ素敵？」
昭比古「(意を汲んで)あぁ、素敵だよ。相反するもので混迷してる。低俗と高尚、頽廃《たいはい》と健全、モラルとインモラル、不易とタピオカドリンク……」

也英「パパと誠実?」
昭比古「それは相反しない」
クスッと笑い、也英の顔に明るさが戻る。
昭比古「試し書きしてごらん」
也英「……なんて書こう」
昭比古「これからの人生、試し書きは一貫して、できれば同じ文字を書くといい。そうすれば、そのペンの書き味の違いが一目瞭然だろ?」
也英「たとえば?」
昭比古「なんでもいいよ。自分ンちの住所でもいいし、『晴天吉日』でも、芭蕉の句でもいい」
也英「パパはなんて書いてるの?」
コースターにサラサラと文字を書く昭比古。
――『野口也英』。
也英「……わたしの名前?」
昭比古「日本一美しい日本語」
也英「……ふーん」
也英は少し考え――『並木晴道』と書く。
昭比古「……なにコレ」
也英「ナイショ」
昭比古「誰コレ」
也英「言わない」
昭比古「野郎の名前じゃないノ」
也英「いいでしょ」
昭比古「よくないよ」
也英「なんでもいいって言ったじゃん」
昭比古「よくないよ! こんなモン書くためにパパは……(名前が目に入り)うわー……(もう1度見てしまい)うわー」
不服そうな昭比古を尻目に、也英はクスクス笑ってそのブルーアワー色の文字を愛しそうに眺める。

19 〈2009年10月〉小樽・街角

高級外車が滑り込み、軽くクラクションが鳴る。
綴と待っていた也英が手を挙げる。

綴「パパー！（と、降りてきた行人に抱きつき）」
也英「（会釈して）」
行人「ちょっと痩せた？」
也英「そうかな？　やったねー（と、おどけ）」
行人「……（心配そうに見つめ）」
也英「（視線を逸し）じゃ、また明日迎えに来ます」
　綴を預け、そそくさと立ち去ろうとする也英。
行人「也英！（と、呼び止め）先乗ってなさい（と、綴を車に乗せ）。……こないだの話だけど」
也英「その話はもう済んだでしょ」
行人「也英だってこのままじゃ……」
也英「（遮り）嫌です。ていうか無理。無理です（と、語気を強め、あり得ないというように首を振り）また、明日ここで。綴、いい子にしててね」
　逃げるようにその場を立ち去る也英。
　行人その背中を見つめ、溜息をつき。

20　〈1999年7月〉バスの停留所

　別れ際、晴道と合流した也英と昭比古。
昭比古「（じろじろと晴道を見て）君がウラミチくん」
晴道「……ハルミチです」
昭比古「ふーん。へー」
晴道「……」
　昭比古、時刻表を見に行っている也英の姿を眺め。
昭比古「也英のどこがいい？（と、出し抜けに）」
晴道「……（襟を正し、迷いなく）運命なんで。誰がなんと云おうと。反論は受け付けません。いくらお父さんでも。だから俺は、アイツのために当たり前にいい男でいたい。愛する人には、自分が持てるいちばん綺麗なものをあげたい。今は、なんもないっスけど」
昭比古「……（フッと微笑い）泣かせンなよ」
晴道「はい（と、頷き）」
昭比古「今、オマエが言うなって顔したろ」
晴道「ハイ。あ、イヤ、はい（肯定）」
　笑い合うふたり。

×　×　×

也英「またね」
昭比古「また、近いうちに」
少し寂しそうに手を振り、バスに乗ろうとする也英。
昭比古「……也英！」
也英「ウン？」
昭比古「『もしボクに金銀の光が縫い込まれた天の布があれば、その布をキミの足下に広げよう』」
也英「……イェーツ？」
昭比古「イェーツが愛するモード・ゴンに贈った詩だ。彼はキミの足下に夢を広げてくれるらしい（と、晴道を顎で示し）」
晴道「（なんのことかわからず、オレ？　と）」
也英「……（意を得て、コクンと頷き）」
昭比古「ボクはできなかったけど……。若者は思うままに飛び込め。親を踏み台にして、迷惑かけて利用しろ。さもないと、似合わないスーツ着て『わたしは白髪あたま』って項垂れることになる」
微笑み、深く頷く也英――。

21

〈2009年10月〉通り沿いの喫茶店内～外

イェーツの詩集を読んでいる也英。
と、綴が「コンコン」と窓を叩き手を振る。
×　×　×
たくさんの贈り物を抱えた綴と行人と合流する也英。
綴「（嬉しそうに）おばあちゃんが買ってくれた」
也英「よかったね。（行人に）すみません（と、頭を下げ）」
行人「……（改まった口調で）也英、もう1度よく考えてみて欲しい。綴にとって何が幸せなのか。来年はお受験の年だし、彼の将来のためにもウチで引き取らせてくれないか」
也英「……（返事に窮し）」

22

〈日替わり〉バラエティショップ・ハロウィングッズ売場

操恵と買い物に来ている也英、やさぐれてウィッグや被り物を弄っている。

操恵「営業の大橋クン、事務の吉見さんと別れたンだって」

と、鼻メガネをした也英が振り返り。

也英「へェ。ていうかハロウィンっていつから国民的行事になったンですかね。ありました？　こんなの昔」

操恵「ハロウィンは我々シャイな日本人が、どさくさに紛れてバカになれる素晴らしいイベントでしょ」

と、バニーとメイドのコスプレを当てて見せる操恵。

操恵「大橋クンどっちが好きかな？　刺激セクシーと癒やしセクシー（真顔）」

也英「ちょっとセクシー渋滞してますね（と、半笑いで）」

操恵「そぉ？（と、不服そうに）ハイ、のぐっちゃんはコレね」

適当に選んだCAのコスプレを也英に当てる操恵。

也英「……（と、見て）えーわたしはいいですよ」

操恵「ダメに決まってンでしょ。猿渡さんの送別会も兼ねてンだから、皆で盛り上げなきゃ（と、カートに押し込み）」

也英「え、猿渡さん辞めるンですか？」

操恵「知らないの？　希望退職っていうけど、ありゃ体のいいリストラだね。ほら、猿渡さん介護で欠勤多いから」

也英「……（鼻メガネのまま固まり）」

23

〈1999年7月〉運河沿いの道（E）

歩きながら話す也英と晴道。

晴道「父ちゃんいい男だったな」

也英「（頷き）優しくて物知りでロマンチスト。……でも嘘つき（と、諦めたように微笑い）」

晴道「……（と、也英の横顔を見つめ）」
也英「パパはわたしが生まれる前によそで子供つくったの。ママはパパを取り戻したくて、わたしを妊娠したんだと思う。でも結局、ママもわたしも選ばれなかった……」

×　　×　　×

〈フラッシュ〉中3の也英、視線の先には『聖心女子学院高等学校』。下校する女学生達の中、異母姉・津島さや伽《か》(15)を見つける。

視線を感じ、さや伽がこちらを向くと、逃げるように走り去る也英。

さや伽、不思議そうに首を傾げ――。

×　　×　　×

也英『『また会おう』『また近々』『今度一緒に』ってパパはいつも守れない約束するの。その度にわたしは期待して、がっくりして、またあの子のことを考える。パパがわたしに見せたいって云った星空や景色は、今頃あの子が見てるのかなって。……わかってるの。前へ進まなきゃって。でもまたいつか失うのが怖くて、失敗しないように、傷付かないで済むようにって、いつも踏み留まってる」

涙を堪える也英。堪らず、也英を抱きしめる晴道。

晴道「怖いのは俺だって同じ。也英にフラれたら俺、真冬のオホーツク海に飛び込んじゃうかもしンない。けどこれだけは知っといて。俺はどこにも行かない。ずっと味方だから」

晴道の胸に顔を埋め、何度も頷く也英。

24

ベイサイドのホテル（N）

ベッドの上、也英の髪を撫で、キスをする晴道。
晴道「最終逃しちゃってマジごめん」
也英「（首を振り）ハルミチのせいじゃないもん」
晴道「寝よっか」
晴道の腕をぎゅっと掴み、頭を肩にのせる也英。
晴道「……いいの？」

也英「(恥じらいつつ、コクンと頷き)」
　也英の服を優しく脱がせる晴道。
　その夜、初めて身体を合わせるふたり――。

25

〈2009年11月〉機内食製造工場・通路

　足早に進む上司・尾藤《びとう》則夫を必死に追いかける也英。
也英「あの、考え直してもらえませんか？　2年働いて仕事にも慣れてますし、今年から副リーダーも任されてます」
尾藤「や、そう云われてもネ。ウチも色々厳しいンで」
也英「こないだ急なお休み戴いたのが原因でしょうか？　あれは子供が急に熱出してしまって…でもしょっちゅうあることじゃないですし、必要ならこれからは土曜の夜も…」
尾藤「(遮り)野口さん、気持ちはわかるけど、もう決まったことだから。すぐにというわけじゃないンで、その間に頑張って次探して」
　と立ち去る尾藤。
　途方に暮れ、立ち尽くす也英。

26

同・通用口外（EM）

　就業後、外へ出る也英。朝の光で目が滲みる。
　消毒薬で荒れた手を擦りながら、水溜りの水面に映る飛行機を眺め、薄く嗤う――。

27

〈日替わり〉野口家・食卓（E～MN）

　綴と幾波子と食卓を囲む也英。
　綴、食後のケーキを見ると「わぁ」と嬉しそうに声を上げる。
綴「おいしいね」
　大好きな苺を最後に残している綴。
　也英、自分の分の苺を綴の皿に載せてやり。

綴「……（いいの？　と也英を見て、少し考え）」
　貰った苺を半分に切り、也英の口へ運ぶ綴。
綴「あーん」
也英「……（いじらしく思い、苺を味わい）おいしいね」
　その眼は涙で真っ赤に滲んでいる。

×　　×　　×

　昭比古から贈られた万年筆で『親権者変更届』にサインしようとする也英。だが失敗してインクが手に付く。青く滲んだ手を静かに見つめ。

28

〈日替わり〉同・外

　迎えに来た行人と絹世に、車に乗せられる綴。見送る也英と幾波子に行人が一礼し、車に乗ろうとすると、反対側の後部座席から綴が飛び出して来る。

綴「ママー！　ママー!!」

　泣き叫びながら戻ってくる綴を、心を鬼にして突き放す也英。

　綴を乗せた車が遠ざかってゆく。

　也英、その場に崩れ落ち――。

29

〈1999年7月〉同・外

　也英と晴道が手を繋いで帰宅すると、幾波子が家の前で仁王立ちしている。
也英「……（あ、と）」
幾波子「さっきノン子ちゃんのお母さんと話しました」
也英「……ごめんなさい」
幾波子「親に嘘ついて、どこほっつき歩いてたワケ？」
也英「……（行き先を言えず）」
幾波子「也英！　答えなさい！」
晴道「スイマセン！（と、頭を下げ）俺がムリヤリ誘ったんです。どうしても……旭山のホッキョクグマ見たくて」
幾波子「……約束したわよね？　何かあったらどう責任

取ってくれンのよ？（と、晴道に詰め寄り）」

也英「……ちがうの（と、首を振り何か言おうとして）」

也英の手をぎゅっと握り、それを制す晴道。

晴道「ホント、スイマセンでした！」

幾波子「（也英に）先、家入ってなさい」

也英「ママ！」

幾波子「いいから早く！」

晴道「……（行け、と也英に目で強く合図し）」

心配そうに家へ入ってゆく也英。

窓から様子を窺うと、幾波子が晴道を激しく叱責するのが見える。

30 〈2009年12月〉同・居間（N）

そこら中に綴の残り香のする部屋に帰宅する也英。

也英「ただいま」

ひとり酒を呷《あお》る幾波子。手元には『1999年 英語スピーチコンテスト 第2位』と書かれた賞状。

也英「（怪訝な顔で）……それ捨てたはずだけど」

幾波子「ライバルはみんな帰国子女。でも観客は也英ちゃんのスピーチに拍手喝采。見事2等になった！ ママ鼻が高かった」

也英「……やめて」

幾波子「（意に介さず）あーコレコレ（と、ミスコンの写真を取り）フフ、血は争えないよね。言ったっけ？ ママも初代ミス・オホーツクだったって。でもこれハッキリ言って、也英ちゃん以外みんなブス……」

也英「（堪らず）もうやめて！」

賞状や写真を奪い取ってゴミ箱に投げ捨てる也英。

幾波子「……完璧だったのに……どうしてこんなことに（と、悲痛な面持ちで）」

也英「……失望させてごめん。ママの特別な子じゃなくて」

幾波子「神様はなんでこんな辛い運命負わせるのかな……」

也英「……（醒めた目で薄く微笑い）運命なんてないから」

と、吐き捨てると上着を取り出てゆく。

31　雪道〜潰れたレンタルビデオショップ前（N）

彷徨い歩く也英。雪に足を取られて蹴躓くと、そこはかつてバイトしていた店前だった。

今は廃れたその場所で、肩を震わせ咽び泣く。

（SE拍手IN）

32　〈1999年9月〉スピーチコンテスト会場・壇上〜客席

壇上に立つ也英。息を吸い込み、スピーチを始める。

也英「I have a dream. But what world lies beyond that dream?（私には夢があります。その夢の先にはどんな世界が広がっているのでしょう）」

×　×　×

也英「I'm going to run as fast as I can with my arms wide open. I'm taking my first steps towards these dreams. Towards the glittering world that awaits me; believing that, someday, I too will be able to fly.（今、私は助走を始めたのです。翼のように両手を広げて、私を待っている輝く世界に向かって。いつか飛べることを信じて）」

輝く笑顔でスピーチを終えると、会場中から万雷の拍手を浴びる。

立ち上がり、誰よりも大きな拍手を送る晴道、指笛を吹いてそれに続く凡二。

涙を浮かべ、誇らしげに拍手を送る幾波子。

33　〈2018年8月〉晴道のマンション近くの通り／タクシー車内（N）

停車する也英のタクシー。

晴道「ありがとうございます」

也英「明日も同じ時間でよかったですか?」

晴道「はい。……明日で、リハビリ最後になります」

也英「あ……ハイ、そうですか。よかったですね(と、微笑み)」

晴道「帰りにちょっと寄りたいとこあって。お願いしてもいいスか?」

也英「もちろんです」

晴道「(頭を下げ)おやすみなさい」

也英「おやすみなさい。お気を付けて」

也英、晴道の背中を少し寂しそうに見つめ——。

34

〈2009年12月 ※avantの時間軸へ戻る〉新千歳空港行き飛行機内

海外任務を終え、帰省する晴道。懐から優雨と凡二、新生児の愛瑠の写真を出すと微笑み眺める。

と、CAが機内食を運んで来る。

CA「お食事はいかがですか」

晴道「ありがとうございます(と、写真を仕舞い)」

プレートには也英が調理していた料理が載っている。

35

新千歳空港・トイレの個室~洗面所

便座に坐り、ハロウィン用に買ったCAの衣装を眺める也英。おもむろに袋を開けると、袖を通す。

ストッキングに脚を通し、ヒールを履く。

× × ×

きっちりと髪を纏めて口紅を塗るとそれらしく見える。自然と背筋が伸びる。

36

〈S#1の続き〉同・ロビー

アナウンスの声「ノルン航空からお知らせ致します。本日

14時以降の発着便は、大雪の影響で全便欠航となります・・・」
キャリーバッグを引いて歩く也英。
道行く人が振り返り、好意的な眼差しを向ける。
と、目の前で外国人の幼女が泣いているのに気付く。

× × ×

空港に降り立つ晴道。人波の中、泣いている外国人の幼女が目に留まる。
そこへ近付くCA姿の女性。

× × ×

也英「(幼女の目高でしゃがみ) ...Are you all right?」
何年かぶりに話した英語が、自然と口をついて出る。
幼女「Where's mommy?」
也英「Your mommy?（と、辺りを見回し）We're just playing hide and seek. OK? Shall we go find her? Maybe you'll get a nice Christmas present!（実はね、かくれんぼしてるんだって。ママを捕まえられたら、素敵なクリスマスプレゼントが貰えるかも）」
次第に幼女の顔に安堵の笑みが戻る。
幼女「(羨望の眼で) How can I be like you.（どうしたらあなたみたいになれるの?）」
也英「Like me...? OK. What's your name?（わたしみたいに?　・・・お名前は?）」
幼女「My name is Emma.（エマ）」
也英「Emma. Nice to meet you. I'm Yae.（エマ、はじめまして）」
晴道、也英とおぼしき女性の姿に我が目を疑う。
也英「Emma, being a flight attendant is tough. But if you really try, I'm sure you can make it.（この仕事は過酷なの。でも頑張ればきっとなれる）」
人混みを掻き分け、也英を追う晴道。だが、通行人にぶつかった一瞬の隙に見失ってしまう。
晴道「・・・（気のせいだったのか、と）」

37

機内食製造工場・ロッカールーム

ロッカーにキャリーバッグを押し込むと、何事もなかったようにいつもの作業着を羽織る也英。
行きかけて、不釣り合いな口紅を拭って自嘲する。

38

同・エアシャワーブース

作業着姿で、くるくる回る也英。
無機質な密閉空間に閉じ込められていると、宇宙船の中にいる気分になる。
ブースの小窓から宇宙が見える（イメージ）
ポロポロ溢れ出す涙をエアシャワーが吹き飛ばしてゆく――（H・S）。

39

〈1999年・秋〉野口家・台所（N）

也英が帰宅すると、幾波子が夕食を作っている。

也英「ただいまー。あーあ、ダメだったー。オーストラリア」
と、2位の賞状を見せる也英。
幾波子、スーパーで買った2割引のオージービーフを見せ。
幾波子「じゃーん」
2人「（プッと笑い）」

×　　　×　　　×

並んで立ち、仲良く肉を焼くふたり。
幾波子「也英ちゃん」
也英「うン？」
幾波子「……これから先、どこへでも、いくらでも行ける」
幾波子の言葉に「コクン」と頷く也英。
也英「……（意を決し）あのね、ママ。大学は東京へ出たいの」
幾波子「……（予期しており）也英ちゃんまでアタシを捨てるのね（と、わざと芝居がかった口調で）」

也英「……（顔が曇り）」
幾波子「冗談。好きにしなさい（と、笑顔で）」
也英、沸き立つ喜びに瞳を輝かせ——。

40

〈2018年8月〉小樽・天狗山ロープウェイ（E）

ロープウェイで、急勾配の坂を登る也英と晴道。
也英「わぁーすごい!!　ダイヤモンド・プリンセス号があんなちっちゃく見えます！」
晴道「（微笑って）スイマセン、こんなとこまで付き合わせて。……天狗山、登ったことは？（と、僅かな期待を込め）」
也英「（首を振り）送迎で何度か麓まではー」
晴道「……（と、微笑み、頷き）」
也英、デート中の高校生カップルを微笑ましく見て。
也英「……（小声で）並木さんはどんな高校生でした？」
晴道「……（と、考え）バカばっかやってました。……すげぇ好きな子いて、学校の男ほぼ全員その子のこと好きで」
也英「へェ〜、それで？　並木さん、落としたンですか？」
晴道「当然です。男らしく言ってやりましたよ。俺の女になれ」
也英「（ケラケラ笑って）えー、本当ですかー？」
晴道、苦笑いしつつ対面の高校生カップルを見つめ。窓外に目を遣ると、すれ違う下りのロープウェイに1999年の也英と晴道が乗っている（イメージ）。

41

〈2010年1月〉東京・府中基地・カウンセリングルーム

T『TOKYO, Fuchu Airbase, January 2010.』
ノックし、入室する晴道。
カウンセラーの有川恒美(26)がソファに坐るよう笑顔で促す。

恒美「はじめまして。有川恒美といいます。恒星のコウに美しいと書いてつねみ、アンドロメダとかケンタウルスとかの方のコウセイです。広島県尾道市出身、趣味はご当地ラーメン屋巡り、好きなラーメンは尾道ラーメンです」

晴道「……（なんだこの女、とちょっと引き）恒星のコウに美しいと書いて恒美さん、せっかくですけど自分にはアナタに相談する悩みもストレスもないっスよ。ココには命令なンで来ました。あと、ラーメンは旭川ラーメン一択です」

恒美、不遜な態度の晴道を興味深く眺め。

恒美「（書類に目を落とし）『並木晴道二等空尉、2008年までイラク復興支援派遣輸送航空隊として、クウェートを拠点に輸送任務に当たる。その後、PKO派遣部隊として、シリア国境に位置するゴラン高原での任務に従事』」

晴道「実際、空自が攻撃されたとか、被害が出た的なことってないっスから」

恒美「ですが、操縦するC−130がバグダッド空港に着陸する直前、同空港にロケット弾数発が着弾し、あなたは回避機動を行っています」

晴道「……（静かに頷き）訓練通り旋回し、着陸したままです」

恒美「人は不快な記憶を自ら忘れようとすると云います」

晴道「……（と、不興の色がよぎり、反論しかけて）」

恒美「自分が体験してきたことに向き合うための時間は大切です。喋りたくなければ喋らなくて結構。でも、あなたは国家公務員で、残念ながら今この時間は勤務時間内です。それにこれはわたしの仕事なので、15時まではここに居てもらわないと困ります。喋りたくなったらいつでもどうぞ」

ニッコリ笑い、おもむろにハイヒールを脱ぎ捨てると、鼻歌交じりにアロマに火を点ける恒美。

晴道「……（ぎょっとして）」

42　〈2018年8月〉天狗山・展望台（N）

きらめく小樽の夜景を眺める也英と晴道。
と、也英の眼から、不意に涙がこぼれ落ちる。

晴道「（気付き）……」
也英「あ…ごめんなさい（と、慌てて涙を拭い）。あー
ビックリした。なんだろ…多分、アレです、ご主人
様追いかけてくる犬の動画とか観て泣いちゃうやつ。
最近弱いンですよねー（と、顔をパタパタ扇ぎながら
おどけ）」
晴道「（見つめ）……野口さんは？　どんな高校生でし
た？」
也英「え、……えー、そんなの忘れちゃいましたよー。今
日食べたお昼ごはんさえ忘れてるのに。もう厭です
ねー」
晴道「……（と、気持ちを押し殺し）輝いてたと思います
けど。今がそうであるように（と、真顔になり）」
也英「……（と、苦笑し首を傾げ）考えないことにしてる
ンです。過去がどうであったとか、未来がどうかとか。
夢も綴との暮らしも諦めて、何も成し遂げられなかっ
た不甲斐ない過去を。未来に対しても何も望まない。
期待して失うのはもうたくさん（と、笑顔を作り）。
…でもね、時々フッと、ホントにたまに、虫の知ら
せじゃないけど感じるンです。こんな取るに足らない
人生の底の底の方で、何かとてつもなく大事なものを
失くしてるンじゃないかって……」
晴道「――（と、心が激しく乱れ、言葉を失い）」
と、ロープウェイの最終運行のアナウンスが流れ
る。
也英「あ、ゴメンなさい。帰りましょっか（と、行こうと
して）」
晴道、その腕をぐっと掴んで引き寄せ、キスをす
る。
驚き、固まる也英――ハッとして唇を離し。
晴道「……（と、動揺し）スイマセン」
「いえ…」と首を振るも、困惑した表情の也英。

43

〈2010年1月・S#41の続き〉東京・府中基地・カウンセリングルーム

時間が経過し、まるでそこに晴道がいないかのように雑誌を読んだり爪を磨いたりする恒美。
手持ち無沙汰の晴道、飼われている小鳥を観察する。

晴道「……名前は？」
恒美「恒美です。恒星のコウに美しいと書いて……」
晴道「鳥の」
恒美「……ピッピです」
晴道「ピッピ、エサ食ってないみたいだけど」
恒美「え、そうですか？」
と、ふたりで鳥籠を覗き込み。
晴道「インコって具合悪くても、元気な振りするンです」
恒美「……へー（と、晴道の横顔をチラ見し）」
晴道「この部屋ちょっと寒いのかも（と、空調を弄りだし）」
恒美「（ちょっと見直し）詳しいンですね」
晴道「ガキの頃飼ってて。情熱大陸のテーマ曲を延々歌う奴がいて、ハカセって名前付けて……」
と、和気藹々と話し始めるふたり。

× × ×

恒美「では次回、1週間後の同じ時間に」
席を立つ晴道。行きかけて立ち止まり。
晴道「……あの、いっこいいスか？ 失った記憶が戻るってことあるンですか？ 例えば事故で頭を打ったりとかして」
恒美「……（何かを察し）それは特定のどなたかのお話ですか？」
晴道「俺の……知り合いの話なんスけど」
恒美「（居住まいを正し）脳科学は予測不能な分野です。ですが、五感の刺激が引き金になって、記憶が呼び起こされることは十分にあり得ます。匂いや音、味や光や感触……プルーストの小説ご存知ですか？ 主人公が紅茶に浸したマドレーヌを口にした途端、子供の頃の記憶が不意に甦るんです。プルーストはこれを〈無意志的記憶〉と呼びました」

晴道「……（咀嚼し）要は、肉体の記憶」

優しく頷く恒美。

晴道、恒美の話に熱心に耳を傾け——。

〈Ep#6　END〉

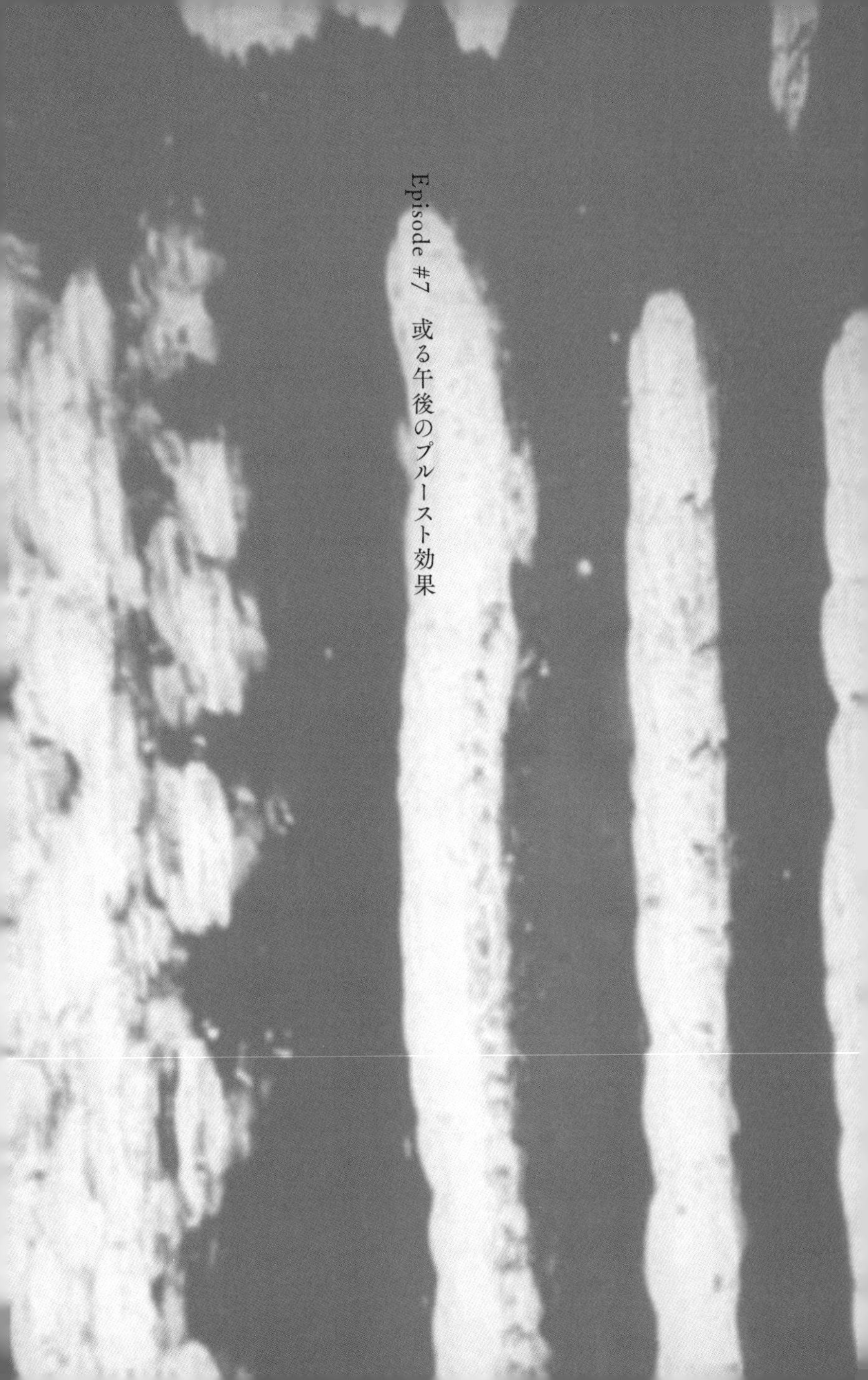

Episode #7　或る午後のプルースト効果

1

〈avant・2001年3月11日〉ライラックの丘

（E）

也英(18)と晴道が、丘を登って来る。

也英「ね、この話知ってる？　リスって長い冬に備えてどんぐりとか胡桃を地面に隠しておくんだって。ライバルに横取りされないように、こう一生懸命穴掘って何箇所にもわけて」

晴道「へ〜」

ライラックの樹にたどり着き、樹の下をシャベルで掘り始める晴道。

也英「でね…ククク（オチを言う前に面白くなってしまい）食べる前にどこに隠したか忘れちゃうんだって！（堪らずプーっと笑い）」

晴道「（笑って）マジ？」

也英「可愛くない？」

想像して身悶えするふたり。

也英「でもね、これには素敵な副産物があって」

晴道「…あ（と、気付き）」

也英「そう！　そこから新しい芽が生えるの！　忘れんぼのリスがいてくれないと、木の実は全部食べられちゃって森が育たなくなる」

晴道「俺らは忘れないようにしないと（と、穴を示し）。2001年3月11日、北見高等学校を優秀な成績…かどうかはわかりませんが、無事卒業！」

也英「（笑って）10年後の…今日？」

晴道「うん。2011年に、この場所で」

ふたりはそれぞれに持参した品を箱に入れる。

晴道「何入れたの？」

也英「ナイショ。ハルミチは？」

晴道「さぁね」

也英「10年後かー…何してンだろ」

晴道「そりゃー日本のマーヴェリックだろ。自らの危険をも顧みず、平和と愛する人を護るタフで型破りな男。妻は世界を股にかける国際線美人CA。今夜のフライトはどこへ？」

也英「(おすまし顔で) ちょっとイスタンブールへ」
　ケラケラ笑うふたり——。

2　〈2011年3月11日〉野口家・居間（M）

　TVから天気予報が流れている。
キャスター「おはようございます。3月11日金曜日、こちらはオホーツク地方、紋別の様子です。気温は現在氷点下4.2℃、日中は……」
　無気力な顔で朝食の桃缶を食べている也英(28)。
　チャンネルを朝の占いコーナーに替える幾波子。
アナウンサー「ゴメンナサイ！　今日最も悪い運勢は射手座のあなた。うっかり忘れ物に注意……」
幾波子「也英ちゃん、忘れ物に注意だって」
也英「……聞こえてる」

3　府中基地・航空支援集団司令部・執務室

　ノックし入室する晴道。
晴道「失礼します。並木二尉、入ります。休暇の申請に参りました」
　上官の浅香三佐が、申請書に目を通す。
浅香三佐「北海道……里帰りか？　こんな時期に」
　と、不思議そうに卓上カレンダーを一瞥する。
晴道「ハイ、まぁ。業務が落ち着いたンで……」
浅香三佐「ま、くれぐれも事故のないように」
晴道「はい、用件終わり次第戻ります（と、退出しかけて）」
浅香三佐「あー、並木。土産とか別にいいからなァ。カニとかウニとかホタテとか」
晴道「(ビシッと、敬礼し) 失礼しまッス！」

4　府中基地前駅・改札

　新宿行き電車のダイヤを確認する晴道。
　PM2時45分。どこかから時計の秒針の音（F.

Ｉ）。

5

野口家・居間～庭先

時計がＰＭ２時45分を指している。

上着を着て玄関を出る也英。

まだ肌寒い庭先で、桃缶を鉢代わりに、春蒔きの種をせっせと植える幾波子の背中。

也英「……（と、見つめ）」

幾波子「（視線を感じ）アラ、どっか出掛けンの？」

也英「バイト」

幾波子「夕飯は？　アケミちゃんにもらったシャケあるけど……」

也英「（遮り）いらない」

幾波子「あ、そう（と、心なしか寂しそうで）。いってらっしゃい」

也英「いってきます」

出てゆく也英。秒針の音が近くなる（Ｆ．Ｉ）。

6

府中基地前駅・改札

時計がＰＭ２時46分を指す。

晴道が改札を抜けようとしたその時、大きな揺れとともにあの瞬間がやってくる——。

Ｔ『First Love 初恋』

7

〈回想明け・２０１８年10月〉高速道路を走るタクシー車内～郊外の道（ＭＮ）

酔った男性客・武藤竜司を乗せる也英。

×　　×　　×

〈フラッシュ〉也英を引き寄せ、キスをする晴道。

×　　×　　×

也英の顔に内心の乱れが浮かぶ。

加速するスピード——その刹那、目的のインターをうっかり通り越してしまう。

也英「（すぐに気付き、やってしまった、と）」

武藤「……（と、俄《にわか》に正気になり）あン？　今ンとこっしょ？」
也英「……申し訳ございません（と、頭を下げ）。降り損ねてしまいましたので、次のインターで引き返します」
武藤「（威嚇し）ハァ？　ンだよ、てかこんな払わないよ!?」
也英「ハイ、いつもお支払いの額で結構でございます」
武藤「（舌打ちし）だから女は（と、吐き捨て）」
也英「……（と、苦しげに口を結び）」

×　　×　　×

客を降ろした也英、ハンドルに頭をぶつけ項垂れ。

8

〈日替わり〉晴道のマンション（N）

晴道、思い倦《あぐ》ねた顔で也英に『先日はすみませんでした』とメッセージを送ると、すぐに『大丈夫です』とだけ返信がくる。

晴道「（読んで）……」
と、式場の資料等をたくさん抱え帰宅する恒美。
恒美「ただいまーあー疲れたー！　結婚式ってなんでこんな次から次へとやることが湧いてくンだろ？　あッ晴道、そっちの祝辞お願いする本橋さん、だっけ？早く連絡してね」
晴道「恒美」
恒美「あ～、引き菓子頼むの忘れてた！　お父さんがど～しても、もみじ饅頭にしろって聞かないンだけどどうする？」
晴道「恒美、その前に話が……」
恒美「や、美味しいよ？　美味しいですけど、東京の人に東京ばな奈貰うみたいなモンでしょ……もみじ饅頭（と、笑い）」
晴道「恒美……」
恒美「（遮り）ゴメン、疲れてるからまた今度にしてくれる」
晴道「……」

恒美「(自室に行きかけて立ち止まり)……晴道」
晴道「うん?」
恒美「わたしはどこも行かないからね」
晴道「……?」
恒美「恒美のツネは恒星のコウ。見上げればいつもそこにいる星。晴道が迷って立ち止まっても、たまに道を……踏み外しても、変わらず足元を照らすから(と、強い意志で)」
晴道「……(と、居たたまれず)」

9

〈回想・2010年3月　※avantの1年前〉府中基地・カウンセリングルーム

T『TOKYO, Fuchu Airbase, March 2010.』
籠の中で元気に動き回るピッピ。
すっかり打ち解けて話す晴道(27)と恒美。
会話の切れ目がくると、名残惜しそうに時計を確認する恒美。

恒美「……(居住まいを正し)並木二尉、今日でここでのアセスメントは終了です。あなたは任務地での重圧を乗り越え、新しい理解や洞察に自発的にたどり着いていると判断します」
晴道「……ここに来るの結構楽しみだった」
恒美「(思わずドキッとして)わたしも楽しかったですよー。並木二尉のおかげでうちのピッピも元気になったし(と、なんでもないように書類にサインしながら)」
席を立ち、上着を手にする晴道、と足を止め。
晴道「あー、飯食いました? 近くに旨いラーメン屋あるらしいンすけど行きません? もうクライエントじゃないンだし、問題はないっしょ?」
恒美「(思わず顔を綻《ほころ》ばせ)え。えっと、どうしよっかなー。昨日も豚骨全部のせいっちゃったしなー。だいじょぶかなー、だいじょぶか。ラーメンにはうるさいですよ、わたし」
晴道「あ、無理にとは」

恒美「ちょっ！　今のどうしよっかな、は明らかにイエスのニュアンスじゃないですか！」
晴道「え？　あー、そうなんスか」
恒美「そうですよ。額面通りに受け取らないでください。5時に終わるンで！（と、嬉しいのにプンスカし）」
晴道「…… （めんどくせーなと頷きつつ、笑ってしまい）」

10　ラーメン屋～繁華街の路地（N）

ラーメンを食べ、酒を酌み交わす晴道と恒美。
馬鹿話をして爆笑する。

×　　×　　×

人目も憚らず『それ行けカープ』を熱唱する恒美。
恒美「♪カープ　カープ　カープ広島　ひろし～ま～カープ」
晴道「…… （ちょっと可愛く思い）前から思ってたンすけど、恒美さんって、怖いモンなしでしょ」
恒美「失礼な。前からそんなこと思ってたンですか」
晴道「え、じゃあるンすか？」
恒美「ないです」
晴道「（笑って）ほら」
恒美「有川恒美は津田恒実のツネミですから。座右の銘は『弱気は最大の敵』です」
晴道「誰スかそれ」
恒美「えー！　知らないンですか?!　カープの津田恒実！　81年のドラフト1位、常に直球勝負、ピンチになるほど球速が上がる炎のストッパーですよ」
晴道「……」
恒美「でも本当は豆腐メンタルで、緊張する場面では監督がメリケン粉渡してたンですって。安定剤って偽って」
晴道「へー」
恒美「『それ行けカープ』、わたしにとってのメリケン粉です」
晴道「え、てか恒美さん緊張してたの？　どこが？　え、何で？」

ニブチンな晴道をバッグでぶっ叩く恒美。

11

〈回想明け・2018年10月〉タクシー営業所前〜歩道（EM）

まだ明けきらない空の下、也英が帰ろうとすると、晴道がガードレールに腰掛けて待っている。

也英「（あ、と思い、会釈し、なんとなく気まずく通り過ぎ）」

晴道「……（まぁ、そうだよなと）」

× × ×

歩く也英、その後ろを少し離れてついてゆく晴道。

也英「（見ずに）タクシードライバーと酔っ払いとカラスだけかと思ってました、こんな時間に歩いてるの」

晴道「……夜勤明けで。おかげ様で無事検査終わったので、そのご報告とお礼と、……こないだの夜のこと」

也英「……彼《か》は誰時《たれどき》って云うンですって、この時間帯のこと。夜と昼、闇と光の、はざま」

也英、何も言わず通りがけのコンビニに直進し。

晴道「……（え、と）」

× × ×

ほどなくして出てくる也英、手には袋を提げている。

晴道「朝飯、夜食？　ですか」

也英「彼は誰時のアイスクリームです。いいことあった時と、嫌なことあった時は食べていいことにしてるンです」

晴道「どっちスか？（即座に）ごめんなさい。愚問でした」

也英「（微笑って答えず）どうぞ（と、1つ渡し）」

12

歩道橋（EM〜M）

欄干に凭れ、並んでカップアイスを食べるふたり。

也英「昨日、お客様をお乗せして、うっかり高速のインターぶっちぎってしまって。怒ってるお客様と次のインターまで密室で20km」

晴道「（想像して）あー……」

也英「この世の地獄です。間違いとわかってて、進み続けるのは……（と、ある想いで）」
晴道「（言わんとすることがわかり）……あの夜は、スイマセンでした（と、頭を下げ）」
也英「……（と、笑顔にして）やめてください。言ったじゃないですか。過去は考えない。おいしく食べておしまいです。それに並木さんのことなんて全然、何とも思ってないですから。これまで（と、笑顔でふたりの間を指し）通り」
晴道「……（と、頷き）」
也英「婚約者さんはどんな方なんですか？」
晴道「……（と、考え）芯が強くて、言いたいことはハッキリ言います。俺なんかよりずっと懐深くて、でもホントは怖がりで繊細な人です。あと地元愛強めなので、関西風お好み焼きと巨人と岡山県の話題は絶対NGです。今は……今はドレス着るために、大好きなラーメン我慢してます」
也英「（優しく頷き）ふふ。とっても素敵なひとですね」
晴道「はい。……俺にはもったいないくらい」
橋上で佇むふたりを、いつの間にか朝日が照らしている。

13

〈日替わり〉ブライダルショップ・試着室

声「せーのっ」
息を止めて、スタッフ・愛未《まなみ》と佳奈《かな》にウェディングドレスのファスナーを上げてもらう恒美。
恒美「入った！　入った！　夢の7号!!」
愛未・佳奈「わー（パチパチ）」「やりましたね！（パチパチ）」
タッチで喜び合う3人。
ドキドキして鏡を見る恒美。
恒美「……（が、イメージと違い）ちょっと若すぎませんか？」
愛未「とってもお似合いですよ～。ネ？（と、佳奈に）」
佳奈「（頷き）よかったらパートナーの方にも見て頂いた

ら」

恒美「先に言っときますけど、ウチの彼、バカみたいに正直なんです。どのくらい嘘つけないかって言うと、子供の頃の悟空くらい」

愛未・佳奈「はァ……（要領を得ず）」「ドラゴンボール、の？」

カーテンを開けると、晴道がいる。

恒美「（ポーズを取ってニッコリ笑い）どうかな？」

晴道「……（あからさまにまずい顔で）あー、はい、うん」

恒美「ですよねー（と、そそくさと引き下がり）……ね？見たでしょ？　あの顔。『似合うけどほかのも見たい』とかお世辞でも言えばよくありません？　でもそういうこと言える人じゃないンです（と、自嘲して）。あと2回あの顔されたら死にたくなるンで、ホントに似合うのだけ持ってきてください（真顔）」

血相を変えてドレスを探しにゆく愛未と佳奈。

恒美「……（鏡の中の自分を見つめ、なんだか滑稽に思え）」

14　〈回想・2011年3月〉笹塚・恒美のマンション・洗面所〜ベランダ〜寝室（N）

T『TOKYO, March 2011.』

歯ブラシが増え、男物のパンツが干されている。

ベッドの上で恒美を愛撫する晴道。

恒美「（と、ふいに晴道のキスをかわし）わたし達って、何？」

晴道「恒美のことは好きだよ」

恒美「何番目に？」

晴道「……（困った顔で押し黙り）」

恒美「…馬鹿だなぁ。知ってる？　嘘も方便って。恒美が1番って言っとけば、ココは丸く収まるのに（と、おどけ）」

晴道「（苦しそうに）ゴメン、恒美が無理だったら俺……」

恒美「そろそろちゃんとしたいな。この関係に名前が欲しい。付き合うとか、そういう。ほら、最初はそうでもないのに、通ってくうちに旨いなぁ、なんかまた食べたいなぁってなるラーメン屋とかあるじゃない？　あるでしょ？　付き合ってみたらコイツやっぱいいなってなるかも」

と、明るく自分を指す恒美。

何も言えない晴道。

恒美「……ゴメン、喋りすぎた。晴道のそういうとこ好きだよ」

恒美、背を向け、自分の言ったことに泣きたくなる。

居たたまれず、恒美の背中を抱く晴道。

冷蔵庫には、幸せそうに笑う恒美と、不意打ちのような顔で写る晴道の自撮り写真が貼られている。

15

〈日替わり・3月11日　※ａｖａｎｔの時間軸へ戻る〉
府中基地・正面ゲート前

基地を出て、最寄り駅へ歩く晴道。

途中、携帯で恒美に『週明けに東京に戻ります。帰ったらちゃんと話そう』とメールする。

16

府中基地前駅・コンコース〜改札

改札へ向かう晴道。

と、恒美から返信がある。

『わかった。待ってる。気をつけてね』

時計がＰＭ２時46分を指す。

その時、大きな音を立てて地面が揺れ出す。

辺りの棚が倒れ、騒然とする。

怯える女子学生や子供達。

すぐに恒美へ電話をかける晴道。だが、通話もメールも繋がらない。

駅員「首都圏のＪＲ・私鉄各線は、地震の影響で運転を見合わせております……」

右往左往する人々、公衆電話に長い列。

居ても立っても居られず、人混みを分けて足早に
　歩き出す晴道。

17 野口家・居間

出先から自宅に舞い戻った也英、幾波子が観てい
た地震の緊急速報に釘付けになる。
恐ろしい大津波の続報に、ふたり顔を見合わせ。

18 甲州街道・上り（D～E）

足早に東へ進む晴道。
歩道橋で腰を抜かしてへたり込む老人に手を貸す。
　×　　×　　×
西へ向かう帰宅難民が不安そうな顔で歩道をぞろ
ぞろと歩いてゆく。
渋滞する車道。
時々、誰かのワンセグから聴こえる『福島第1原
発に異常、放射能漏れの恐れ』といった不穏な
　ニュース。
人波を逆行しながらひたすら歩く晴道。

19 〈回想・1年前・S#10の後〉恒美のマンション・寝
室（N）

T『1 year earlier』
キスをしながら恒美の服を脱がし、灯りを消そう
　とする晴道。
と、恒美がその手を制止する。
晴道「……（ん？　と恒美の顔を見て）」
恒美「……怖いもの、ありました。暗いとこがダメ。気に
なってる男にペチャパイ晒すより恐怖（と、肩をすく
め）」
晴道「（おもむろに布団に顔を突っ込み）そう？　そうで
　もないけど（真顔）」
恒美「もうっ！（と、晴道をぶっ叩き）……ウチって『ホ

ーム・アローン』みたいな大家族でね、おまけに両親共にそそっかしくて。子供の頃、家族旅行に行く前に納戸に閉じ込められたままホントに置いてかれたことがあったの。行き先は別府温泉だし、泥棒コンビと戦うこともなかったけど、8歳にとって15時間の暗闇は永遠に近かった。……それ以来、寝る時も電気は点けたまま（と、しおらしくなり）」

晴道「よかった。恒美さんがグレてヘロイン中毒になンなくて」

しゅんとする恒美の髪を優しく撫でる晴道。

恒美「……（キュンとして）弱ったな。1回表、ノーアウト満塁です」

晴道「?」

恒美、ふと思い立ち、携帯で自撮り写真を撮る。

不意打ちのような顔で写る晴道。

恒美「初めてのデートで、弱みを握られた記念に」

フッと微笑い、キスをするふたり。

20

〈回想明け・約5時間後〉恒美のマンション前〜内

(N)

恒美のマンションへ辿り着く晴道。建物に入り、エレベーターのボタンを押すと停止している。

裏口のフェンスを乗り越え、階段を駆け上がり、恒美の部屋へ向かう。

晴道「（ノックし）恒美!? 俺だけど、開けるよ!?」

部屋に入ると、床には割れた皿などが散乱している。停電した室内から微かな声がする。

恒美の声「……♪カープ カープ カープ広島 広島カープ……」

晴道「恒美!?」

部屋の隅で蹲り『それ行けカープ』を歌う恒美。

恒美に駆け寄り、きつく抱き寄せる晴道。

恒美「（震える恒美の背中を擦り）怪我は?」

恒美「……（首を振り）」

晴道「よかった……」

恒美「…（安堵感で涙が溢れ）どうして？　北海道は？」
晴道「行けなかった。でももう行かない。今までごめん。
　俺、恒美が大事だから」
恒美「晴道…」
晴道「けど、この非常時だしすぐ基地に戻ンなきゃなンない。もしかしたら長引くかも。こんな時に側に居れなくてホントにごめん…」
恒美「（首を振り）ううん。行って。わたしは大丈夫だから」
　と、電力が復旧し灯りが点く。
　ホッとするふたり。
晴道「帰ってきたら、ちゃんと付き合おう。付き合ってください。それまで待ってて欲しい」
恒美「…恒美のツネは恒星のコウ。見上げればいつもそこにいる星。待ってるから、どうか無事で帰ってきて」
　涙でぐしゃぐしゃの恒美を強く抱きしめる晴道。

21　ニュース映像

　未曾有の大災害の続報、自衛隊の活躍の映像等。
アナウンサーの声「昨夜発生した地震による津波によって、太平洋沿岸の地域では壊滅的な被害となっています」

22　〈日替わり〉小牧基地・格納庫（MN〜EM）

　夜を徹して支援物資を仕分けし、搬入する自衛隊員。

×　　×　　×

　未明、晴道が操縦するC–130が出動する。

23　被災地上空・コックピット

　C–130から見える、壊滅した街。
その光景に閉口する晴道——。

24　〈回想明け・2018年10月〉赤れんがテラス（N）

膝をつき、満を持して告白する旺太郎。

旺太郎「好きです！　お付き合いしてください!!」

也英「……ごめんなさい（と、丁重に頭を下げ）」

旺太郎「(手を差し出したまま) どうしても……ダメ？（と、粘り）」

也英「ごめんなさい。旺太郎さんにそう思ってもらえて、嬉しかったです（と、心苦しそうに）」

旺太郎「……最近よくメールしてる人？　ボクにだってわかるよ。也英ちゃんの顔、全然違うから」

也英「……あのひとにはいい方が居ますから（と、微笑み）」

旺太郎「だったら……（と、更に粘り）」

也英「……誰かをすごく好きになって、自分にはそう思えるひとがいて、生きてて良かったって思える。それはだいぶすごいことな気がするンです。そのひとがどこにいても、誰と何をしてても、それは変わらない。だからそれで十分。十分だって思おうって」

旺太郎「……（と、それ以上何も言えず）」

25　バスセンター（N）

也英を送る旺太郎、その去り際。

旺太郎「也英ちゃん！　ボクはやっぱ運命ってあると思うんだ」

也英「……？」

旺太郎「ある日、掃き溜めみたいな職場にあるひとが現れた。そのひとは外国の猫みたいに、綺麗で儚くて透き通って見えた。そのひとのおかげでボクは毎日会社に行くのが楽しみになったし、エビまで食べられるようになった。運命だなんて言ったら大げさだって思うかもしれないけど、もしボクが将来、外国でエビの養殖に成功して、したとして、財を成してとびきり可愛い奥さんをもらったとしたら、その時には人は言うでしょ。『野口也英が占部旺太郎の運命を変えた』って。

今のとこ全く予定はないけど……。人生には往々にしてそういう、意義ある出会いがあるってこと」
也英「……（と、やけに響き）」
旺太郎「……さっきの話だけど、也英ちゃんはホントにそれでいいの？　自分の気持ちに嘘ついて、蓋をして」
也英「……寂しさはすぐに慣れます。経験上（と、自嘲し）」
旺太郎「そう。わかった。後悔しないなら、ボクは全力で応援する。でも、もしそうじゃないなら……逃げるな野口也英！　前を向け！　息を吸って前進しろ！　傷付いたって、みっともなくたって人生は飛び込まなくっちゃ！」
也英「……（意を得て、素直に頷き）」

26　〈回想・2011年4月〉小樽・街角

街頭ビジョンに流れる自衛隊活躍のニュース。
也英、立ち止まりその映像に強く惹きつけられて。
也英「……（思いもよらず）」
その先には、被災地への募金活動をしている人々。
綴「……ねー、やっぱ今日エヴォルバインやめて、アレにおかね入れていい？（と、指差し）」
也英「（うん？　と、綴を見て）」
と、突然立ち止まる綴。
手を繋いで歩くふたり。
也英「へーすごいねー」
綴「やったー！　あと1個合体したらねー、ムゲントルネードが完成するの」
也英「んー、1個だけね」
綴「うん！　ねー今日エヴォルバイン買っていい？」
也英「（眩しそうに眺め）帽子カッコイイね。学校楽しい？」
綴をぎゅっと抱きしめる也英。
私立の制服に大きなランドセルを背負った綴(6)が駆け寄り抱きつく。
綴「ママッ!!」

お金を受け取ると、募金箱へ迷わず駆け寄る綴。

也英「……（驚きと感慨で見つめ）」

27

〈日替わり・5月〉千歳市近郊・アパート

不動産屋・沼田菊郎《きくお》と内見に来ている也英。年季は入っているが開放的な間取りの部屋を見回す。

沼田「ちょっと古いですけど、駅チカでこの広さの物件はなかなか出ないですよ～」

リビングの二重サッシを開けてみる也英。

と、途端に轟音が部屋中に響き渡る。

見上げるとすぐ近くを千歳基地の戦闘機が飛来している。

沼田「……（耳を塞ぎバレたか、と）やーまぁ、そんなワケで、お家賃が破格になっておりまして……」

也英「（目を閉じ、その音に耳を傾け）……ここにします」

沼田「（聞こえず）え？　ナンですか？」

也英「（笑顔で）気に入りました！　ここにします！」

拍子抜けする沼田。

28

〈日替わり〉野口家・庭先

引っ越し屋が荷物を運び出す。

引っ越し屋「これで全部スかー？」

也英「ハイ！　今、行きます！　……色々ご迷惑かけました（と、幾波子に）」

幾波子「しょうがないわよ。男運ないのは我が家の血筋だから」

也英「（苦笑いし）じゃあ」

幾波子「あ、也英ちゃんコレ（と、桃缶の鉢植えを差し出し）」

春を迎え、小さな缶の中で力いっぱいに咲くスミレ。

幾波子「……ごめんね。ママ、今でもわからないの。也英ちゃんに選んだ道が正しかったか……（と、悔恨を滲ませ）」

也英「(何のことかわからず、微笑って小首を傾げ)」
幾波子「……(呑み込み、微笑って首を振り)あなたはずっと、ママの特別な子。パパはひどい男だったけど、也英ちゃんをアタシにくれた。それでお釣りが来るくらいよ」
也英「……(照れ臭そうに頷き)湿っぽくなる前に行くね」
立ち去る也英。
幾波子、涙を浮かべ見送り。

29 〈日替わり〉走るタクシー教習車内〜ラウンドアバウト

『教習中』と書かれたタクシー。
先輩の旺太郎(30)が同乗し、新人の也英の研修をしている。
慣れない環状交差点でクラクションを鳴らされ、固まる也英。
旺太郎「野口さん、ラウンドアバウトは人生と同義ですから。この流れに乗れないと一人前のタクシードライバーとは呼ばれません」
也英「……(と、ハンドルを握りしめたまま、恐怖で俯き)」
旺太郎「(見ており)……逃げるな野口也英！ 前を向け！ 息を吸って前進しろ！」
也英「……(ハッとして)ハッ、ハイッ!!(と、顔を上げ)」
旺太郎「ハイ今だ！ 行った!!」
也英、ヤケクソで入ると、今度は出られなくなり。
也英「え、え、え、あのっ、国道に抜けるにはどうしたら……」
急停止し、再び盛大にクラクションが鳴らされる。
也英「ひぇ〜〜〜(パニック)」
旺太郎「ハイ、もう1周ッ!!」

30

〈日替わり・6月〉街角のATM～繁華街の道（D～N）

初めての給料の半額を行人に送金する也英。

行人の声「あ、もしもし行人です。入金確認しました」

×　×　×

也英の声「(電話しながら) うん。少ないけど、綴に何か買ってあげて」

行人の声「無理しなくていいよ。也英も生活大変だろ？」

也英「これくらいさせて。……だからってワケじゃないけど、もう少し綴に会わせて欲しいの。勤め先も札幌になったから、これからは電車で会いに行けるし」

行人の声「ああ、もちろん。綴の母親は也英なんだから」

也英「よかった……。ありがとう」

電話を切ると、溜め込んでいた涙がフッとこぼれる。ひとり歩きながら「よしっ」と小さく気合を入れる。

31

〈回想明け・2018年10月〉ビル・通路

晴道、巡回していると、也英からメッセージが届く。

『来月のパスタの日、例のナポリタンのお店で待っています』

晴道、画面を見つめ逡巡し――。

32

新千歳空港・タクシープール・停車中のタクシー車内

付け待ち中の也英。

晴道から『わかりました』と返信がくる。

飛来する旅客機が扉ガラスに映る。

33

ビル・倉庫内／新千歳空港・タクシープール・停車中のタクシー車内

ラビリンスのような倉庫内を巡回する晴道。

と、再び也英からメッセージが来る。
也英のM『自分で空を飛ぶってどんな感じですか？　パイロットされてたって、病院で聞いたので』」
立ち止まり、ふと考える晴道。目を閉じると、エンジンの轟音が鮮明に甦る。

×　　×　　×

晴道のM「『…離陸ってやり直しがきかないンです』」
〈フラッシュ〉機長としてC–130を操縦する晴道。スラストレバーを操作し機首を上げると、重い機体が浮上する。やがて高度を維持し大空を飛行する。
晴道のM『何度経験しても、あの瞬間は胸が沸き立ちます。…昔の話ですが』」

×　　×　　×

体に染み付いた所作をする如く自然と動く晴道の手。
晴道のM「『霧や雲、風や陽の光…五感をフルに稼働させて地上を飛び立つと、目の前にはえも言われぬ景色が広がります。世界に迎えられるって感じスかね。流れる雲、紺青の海、どこまでも続く水平線のグラデーション…』」

×　　×　　×

目を閉じて空の旅に思いを馳せる也英。

×　　×　　×

『きみに見せたかった』とテキストを打つと、自嘲してすぐにそれを消す晴道——。

34

〈回想・2012年8月〉北海道・千歳基地・第2航空団司令部・執務室

T『HOKKAIDO, Chitose Airbase, August 2012.』
転勤先の上官・本橋一佐に挨拶する晴道。
晴道「本日付けで千歳基地へ異動になりました、並木です」
本橋一佐「腰やったって？」
晴道「はい、長年の不摂生がたたりました（と、自嘲し）」

本橋一佐「(頷き）飛ぶだけが仕事じゃないよ。私も以前、美保の輸送隊にいてね。まぁ気を落とさず、地上任務にあたってくれ」
晴道「……はい。精進します（と、頭を下げ）」

35 同・敷地内

晴道、歩いていると、頭上を航空機が通過する。
晴道「(ふと、足を止め）……（見ずに、また歩き出し）」

36 〈日替わり〉新千歳空港・到着口

手を振って、待っていた晴道の元へ駆け寄る恒美。
晴道「(恒美の荷物を持ち）いつまで居れンの?」
恒美「ん、仕事辞めてきた。週明けに札幌のクリニックで面接」
晴道「マジで?!」
恒美「さ、早く晴道の故郷案内して」

と、ガイドマップを手に、腕を組んで急かす恒美。

37 旭川ラーメン店〜三角市場〜北海道的な一本道（点描）

旭川ラーメンやご当地グルメに舌鼓を打ち、雄大な景色の中を古い四駆でドライブする晴道と恒美。

原野の道を走っていると、突如車がエンストする。

晴道「……あーあ。しょーがねーな」

と、おもむろにどこかに電話をかける晴道。

×　×　×

晴道「あ、きたきた」
ほどなくして、一本道をやって来る積車トレーラー。クラクションを鳴らし、運転席から降りてくる凡二。
凡二「ったく勘弁だワ〜忙しンだからよ〜（と、降り）」
晴道「おう、相変わらずだなコンニャロ」
と、荒々しく再会を喜び合うふたり。
凡二「(と、恒美を見て）あっどうも♡ぼんじです」

38　ナミキオート・ガレージ

晴道の車を修理する凡二。
それを見ている晴道。

凡二「で、どうすンの？」
晴道「なにが」
凡二「（別室にいる恒美を顎で示し）いつ一緒になるワケ？」
晴道「へ？　なんで？（と、きょとんとして）」
凡二「なんでって、お互いお年頃だし、仕事辞めてコッチいらっしゃるってことは、つまりそーゆーことだべ？」
晴道「あー（そうか）」
凡二「好きなんだろ？」
晴道「うん」
凡二「じゃあ」
晴道「そうね」
凡二「（怪訝そうに）……晴道、お前ひょっとしてまだ」
晴道「ンなワケねーだろ。おらっ早く直せ」

と、凡二の尻を蹴っ飛ばしつつ、なんとなく意識し。

39　同・応接スペース

恒美「いくつ？」
恒美を物珍しそうに見つめる愛瑠。
『5』と指で示す愛瑠。
お茶を運んできた優雨が、愛瑠の指を1本折って『4』に直す。
土産の航空自衛隊・ショコラサンドパイを出す恒美。
恒美「あ、コレよかったら皆さんで」
頭を下げ、笑顔で受け取ろうとする優雨。
が、ショコラサンドパイからなかなか手を離さない恒美。
優雨「……（え、と）」
ショコラサンドパイを引っ張りながら恒美と目を

見合わせると、恒美は何かを切実に訴えている。

40

並木家・裏口

並んで坐りショコラサンドパイを頬張る優雨と恒美。

恒美「記憶障害!?」

優雨「(頷き)『初恋の人が事故で』(と、メモ帳で筆談)」

恒美「・・・・(絶句し)」

優雨「『ずっと責任感じてるみたい』」

恒美「・・・・(晴道の心情を慮《おもんぱか》り深刻な表情を浮かべ)」

と、恒美の肩をポンと叩く優雨。

優雨「『朗報』『でも相手はとっくに人妻』」

そして『お兄ちゃんには早く幸せになってほしい』と、記して見せる優雨。

41

同・居間(E)

和気藹々と夕飯の準備をする並木家。

道朗がピースしている仏壇に手を合わせ、ショコラサンドパイをお供えする晴道。

高校の卒業アルバムを見せてもらう恒美。

楽しそうに笑う晴道の傍らには、いつも也英がいた——。

42

〈回想明け・2018年11月〉札幌・恒美が働くクリニック・受付

コーヒー片手にぼんやりしている恒美。

受付スタッフ「恒美さん、4番に小阪様みえてます」

恒美「あ、ハイ」

受付スタッフ「荒れてます。今年もダメだったみたい(と、悪い顔で)」

× × ×

小阪マナミ(32)のカウンセリングをする恒美。

マナミ「3年9ヶ月と4日。iPhoneは6からXになったのに、わたしの恋愛は全然アップグレードされないんですぅ」
しくしく泣きながら、iPhoneXでクソ彼氏・マー君の高画質な写真を見せるマナミ。
マナミ「……ホントはわかってるンです。マー君は結婚する気なんかないって。とっくに気付いてたのに、ムダに女子力上げて見て見ぬフリしてきました。恒美さん、ハッキリ言ってくださいよぉ。もう望みないって」
恒美「小阪さん。まずマー君がどうこうじゃなく、自分がどう生きたいかを整理して考えてみましょっか（と、なだめ）」

×　　×　　×

マナミ「別れる前にアイツ1回ぶっ飛ばしてきます」
カウンセリングを終え、スッキリして帰ってゆくマナミ。
ひとりになり、ふと、自らを顧みる恒美。
恒美「自分がどう生きたい、か……（と、自嘲し）」

43　晴道のマンション〜同・玄関扉外（M）

結婚式用の写真を選んでいる恒美、初デートのふたりの自撮り写真を静かに見つめ。
その様子を出勤の準備をしつつ見ていた晴道、恒美に近付き改まった態度になり。
恒美「……写真、帰ったら晴道も選んでね。2次会の映像用に」
晴道「恒美」
恒美「……（と、察しながらも作業を続け）」
晴道「ふたりのことちゃんと話したい。話そう」
恒美「……（と、手を止め）問題です」
晴道「え？」
恒美「アナタは勇敢なハンターで、山で野生のシロクマを追っていたところ、誤って仲間の猟師に撃たれました。駆けつけた医者はもう長くないと云う。さて、最期に会いたいのは誰？（と、エアマイクを向け）」
晴道「……山にシロクマいない」

恒美「(チッと舌打ちし) ツキノワグマを追っていたところ、仲間の猟師に撃たれました。以下同文。さて、最期に会いたいのは?」
晴道「…… (と、言葉に詰まり)」
恒美「……会いたいのは? (と、更にエアマイクを押し付け)」
晴道、微かに震える恒美の手首を苦しげに掴み。
晴道「(沈痛な面持ちで) ……ゴメン。恒美じゃないです」
恒美「……」
晴道、恒美を真っ直ぐ見据え。
晴道「ずっと忘れられないひとがいる」
恒美、也英と写る晴道の高校時代の写真が目に入り。
恒美「……うん。(頷き、精一杯の笑顔で) それでこそ晴道」
晴道、堪らず俯き。
恒美「……愛してくれない人を待つのはわたしの人生じゃないの。恒美のツネは恒星のコウ。自分のチカラで光って輝く星。晴道なんかいなくたって生きてけるンだから。ほらっ、早く行って! (と、晴道を強引に送り出し)」
恒美、ひとりになると、途端に気が抜けてその場にへたりこむ。涙が溢れ、子供のように泣き出す。
恒美「……(ピッピに) 結構がんばったでしょ?」
ひとしきり泣くとお腹が鳴って、笑ってしまう。

× × ×

扉に凭れ、肩を震わせて項垂れる晴道——。

44

〈日替わり〉**ビル・防災センター**

休憩中、計器飛行証明試験の勉強をしている晴道。
と、綴が訪ねてくる。
綴「コレ、返しといて。……詩ちゃんに」
と、詩に借りた服や本を差し出す綴。
晴道「……(状況を察し) ちょっと時間ある?」

45　空港の滑走路近くの公園（E）

晴道に連れられ、やって来る綴。

晴道「……（風を読み）待ってな。もうじきショーが始まる」

ほどなくして、飛行機が頭上を飛び立つ。

綴「（その迫力に息を呑み）……なんでわかったの!?」
晴道「航空機は風に向かって飛び立つの。北風が強けりゃ、南から北に向かって離着陸する」
綴「……へぇ（と、ちょっと見直し）」
晴道「彼女とはこれっきり？」
綴「……恋人がいる。現代社会のひずみを、アクチャリティの共有によって可視化する男」
晴道「……（ワードが入って来ず）うン、なんか手強いな」
綴「ボクなら平気。もう吹っ切れたから」
晴道「想いも告げずに？」
綴「結果が予測できる」
晴道「自分の望みは？」
綴「今まで通り、親の期待に応えてまっとうな人生を送る」
晴道「きみいくつだっけ」
綴「14」
晴道「（苦笑いし）……俺はダメだった。断ち切れなくて、ワケわかンなくなって、何年も引きずって」
綴「それで成就したの？」
晴道「……いや。大事なひと傷付けて、逃げた」
綴「（なんだ、と呆れ）……出逢わなきゃよかったンだ。もしあの子に逢わなかったらこんな気持ちにならずに済んだ」
晴道「ああ（と、頷き）。魔法みたいに素敵な出来事も、幸せで眠れない夜もお前は知らずに済んだ」
綴「……（と、図星で少しムキになり）そういうハルミチはどうなの？　自分の人生が満足？」
晴道「……（自嘲し）飛行機にはV1って速度があるンだ。運命を分ける速度。この速度以下で助走してる間は、途中で離陸を中止できる。けどV1を超えて走り出したら、何があっても飛ばなきゃなンない。人生には、多分そういうジャッジの瞬間が何度かある。……俺にもお前にも」
綴「……」
晴道「お前はどうしたい？　予測不能な風に立ち向かうのか、追い風を待って流れに乗るか」
綴「……（と、考え俯き）」

46

——〈日替わり・11月11日〉オールドスクールな洋食屋・店内／同・店前の道

席に坐り待っている也英。綴に貰ったカーディガンを着ている。
ウェイトレス「お決まりですか？」
也英「あ、来てからで、お願いします」
と、対面の席にセットされたカトラリーを示し。
ウェイトレス「かしこまりました」

也英、お辞儀し、前髪を手櫛でそっと直し。
やって来る晴道。窓際の席で待つ也英が見える。
晴道「……（と、見つめ）」
晴道、何かを決し、おもむろに電話をかける。
也英「（緊張気味に出て）あ……もしもし」
晴道、也英の声を聴いた途端、胸がこみ上げ。
也英「……並木さん？」
晴道、それを悟られないよう感情を押し殺し。
晴道「……スイマセン。やっぱ今日行けなくなりました」
也英「あ……ハイ、そうですか（と、切なく頷き）。あ、全然、お気になさらずで。また今度、よかったら……」
晴道「（その言葉を振り切るように淡々と）……それと一応ご報告ですが、年明けに日本を離れることにしました。おかげ様で腰も良くなったので、改めて海外のエアラインに挑戦します。短い間でしたが、ありがとうございました」
也英「……（え、と、言葉に詰まり）……はい」

晴道「それじゃ……」
也英「……あ、あの、いっこだけ、いいですか」
晴道「(その切実さを受け取り)……」
也英「後悔しました。嘘をついて、ついたこと。……並木さん、あなたが好きです。ホントはすごく」
晴道「……」
也英「いつも想ってました。ごめんなさい。元気でいてください」
晴道「……(苦しげに)はい、野口さんも。会えなくても、どうか、幸せでいてください」
也英「はい……ありがとうございました」
晴道、想いを断ち切るように電話を切り、その場を立ち去る。
初雪が舞い散る中、堰を切ったように涙が溢れる。

× × ×

ひとり黙々とナポリタンを食べる也英。
その眼からポロポロと涙がこぼれ落ち――。

47 実景

季節が移り、柔らかな春の日差しが降り注ぐ。

48 〈2019年3月〉晴道のマンション

恒美が居なくなった部屋。
晴道がリネンのカーテンを外す。
晴道の引っ越しを手伝いに来ている綴。
晴道「(片付けながら)何でも持ってってい一から」
綴「今のとこ欲しい物が何も(ない)」
床に落ちていたピッピの羽を窓辺にかざす晴道。
と、風に乗ってふわりとどこかへ飛んでいった。
ふと、棚に置かれたCDプレーヤーに目を留める綴。
綴「(手に取り)ねー、コレは?」
晴道「(ろくに見ず)おー持ってけ持ってけ」
プレーヤーをリュックに仕舞う綴。

晴道「コレは？（と、ＡＶをお薦めし）」
綴「……（汚いものを見る目で）」

49 ――〈2019年3月10日〉空港脇の通り

スーツケースを引き歩く晴道。

50 ――也英のアパート

壁のカレンダーの3月10日に二重丸が付き、『綴』という文字とクマのマークが描かれている。

棚や抽斗を漁って何かを探す綴。

綴「ハルミチ、カノジョと別れて外国行くってさ。てか、どーせフラれたンだろーけど」

台所でピーマンを切っていた也英の手が一瞬止まる。

綴、棚に飾られた未開封の缶コーンスープを見て、訝しげに首を傾げ。

也英「……お昼、焼きうどんと焼きそばどっちがいい？」
綴「（んー、と考え）うどん。ねー、電池ある？」
也英「ん？　いくつ？」
綴「単3、2つ」
也英「確かここに。あー、あった。なんに使うの？」
綴「ちょっと」
特に気にせず調理を続ける也英。
CDプレーヤーの電池を交換し、再生ボタンを押すとCDが静かに回りだす――。

× × ×

也英「できたよー。結局両方作っちゃったー。えへへ。よく考えたら具がほぼ一緒。あ、紅生姜……」

と、台所と行ったり来たりしながら反応がない綴を見る。

綴はベランダの軒下に坐り、イヤホンで何かを聴いている。

也英「わー、懐かしい！（と、しゃがみこみ）」

綴が気付き、片方のイヤホンを分ける。

その瞬間、上空を轟音とともに飛行機が通過する。
流れていたのは『First Love』だった。
その瞬間、也英の脳裏に失われていた記憶が鮮やかに甦り——。

×　×　×

〈フラッシュ〉也英と晴道の出会いから別れまでの様々な場面が、断片的に次々と。

51

外国行き飛行機内

同じ頃、ポケットからハッカ飴を取り出し、見つめる晴道。口に入れ、窓外に視線を移し——。

52

也英のアパート・軒下

並んで坐り、CDを聴く也英と綴の後ろ姿。
ふと、也英の肩が震えていることに気付く綴。
横顔を覗くと、也英の頬を静かに涙が伝っていた。

〈Ep#7　END〉

Episode #8　初恋

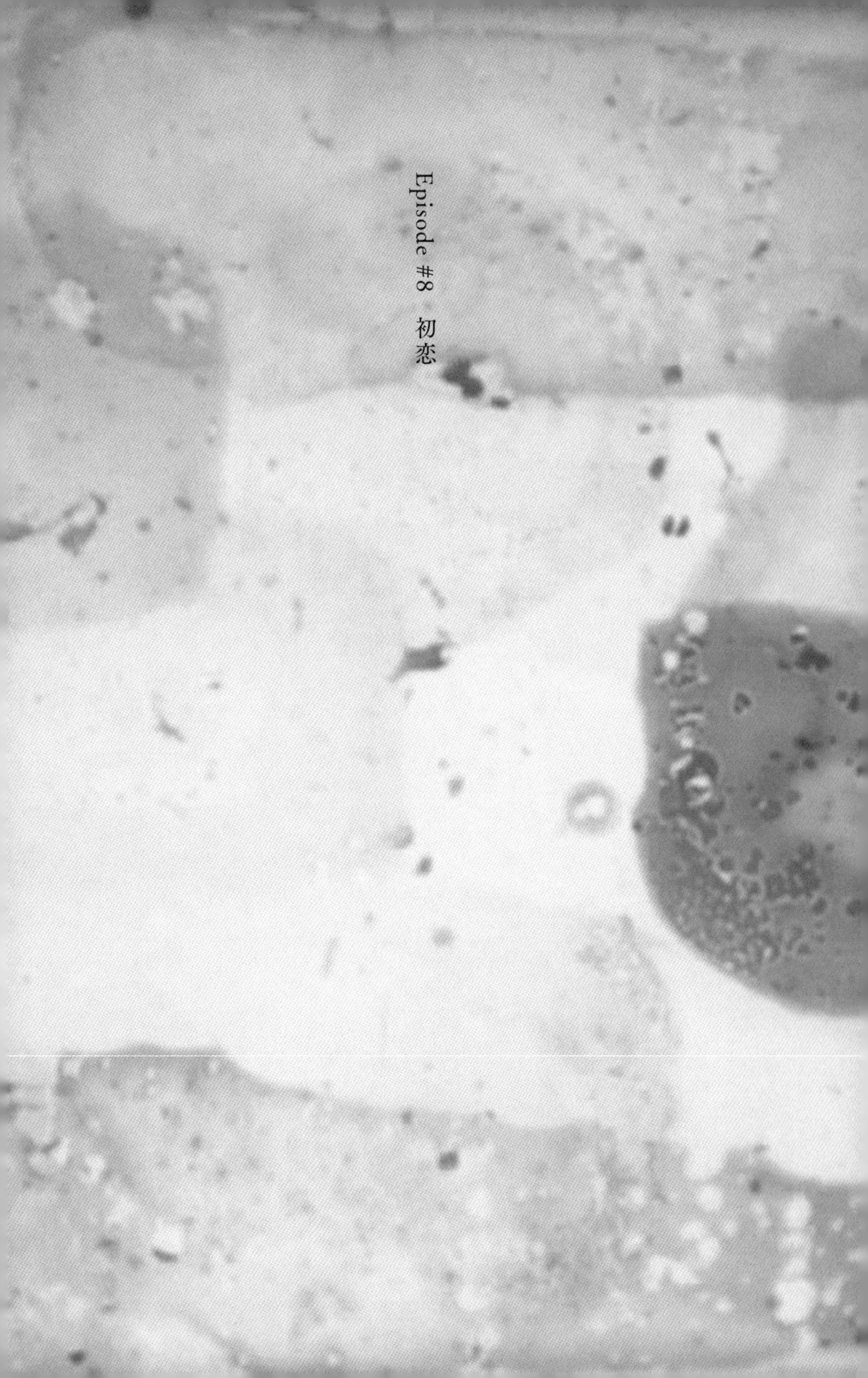

1

〈avant・1997年12月9日〉野口家・也英の部屋〜居間（M）

T『HOKKAIDO, Memanbetsu, December 1997.』
まんじりともせず朝を迎える也英(15)。枕元の目覚まし時計が鳴り、すかさず止める。

×　×　×

中学の制服を着た也英、出かけようとすると、ソファで幾波子(43)が眠っている。点けっ放しのTVを消し、そっと眼鏡を外して毛布を掛けてやる。

幾波子「(うっすらと目を覚まし)……どっか行くの?」
也英「北見」
幾波子「今日お休みの日じゃなかった?」
也英「言ったでしょ ー。模試受けに行くって」
幾波子「北見まで?」
也英「本番で失敗しないように、よその会場で慣れた方がいいって担任が」
幾波子「ふーん。自信のほどは?」
也英「緊張で死ねる」
幾波子「ただの模試でしょー」
也英「そうだけど……」
幾波子「也英ちゃんはママの特別な子。也英ちゃんなら大丈夫」
也英「(照れ隠しで微笑い)ハイハイ、ちゃんとベッドで寝な」
幾波子「もう1ミリも動けないのー。夜勤3連チャンとかあの工場長、アタシを殺す気〜?(と、足をバタバタさせ)」

やれやれ、と出てゆく也英。

2

女満別駅・ホーム（M）

雪がちらつくホームで白い息を吐く也英。
電車に乗り込むと、反対側のホームにも電車が滑り込む。
降りてきたのは也英(36)だ（イメージ）。

3

〈2019年5月〉女満別の町～ライラックの丘

帰郷し、遠い過去を辿るように歩く也英。
その近くを、高校時代の也英と晴道が楽しげにゆき過ぎるのを目で追う（イメージ）。

×　×　×

約束の地、ライラックの丘へやって来る也英。

4

〈回想・1997年12月9日〉旭川方面行き石北線車内（M）

ボックス席に坐っている也英。ふと視線を感じ、斜め向かいの席を見ると、学ラン金髪の男子生徒がいる。

晴道「……（と、サッと俯き。※顔はよく見えない）」
也英「……（心なしか頬を染め）」

咄嗟に読みかけの本に視線を戻す也英。ページを繰りながらも、なぜか気になってチラチラと盗み見る。

×　×　×

読書しながら欠伸する也英。やがて眠り込んでしまう。

×　×　×

北見駅到着の車内アナウンスに飛び起き、慌てて電車を駆け降りる。

5

北見駅・改札（M）

駅員に切符を渡し、改札を抜ける也英。
と、背後で大きな声がする。
振り返ると、先ほどの男子生徒が改札で何やら駅員と揉めている。

也英「……（後ろ髪を引かれつつ、去り）」

6

模擬試験会場

大勢の生徒に混ざり、緊張気味に席に坐っている也英。

遅刻してきた男子生徒を試験官が注意する（OFF）。

受験票の志望校欄に『北海道北見高等学校』と、記入する也英。少し考えて、私立の第一志望校欄に、『札幌聖心女子学院高等学校』と書き加える。

× × ×

〈フラッシュ〉1997年1月、だいぶ酒が入り、也英に管を巻く幾波子。

幾波子「……也英ちゃんのオネエサマ、今年札幌の私立受けるンだってさ。いいよね、お金に苦労ないウチは。……也英ちゃんも行きたい？」

也英「……別に行きたくないし、オネエサンとかいないし」

× × ×

〈フラッシュ〉1997年4月、物陰から下校する異母姉・さや伽(15)を見つめる也英(14)——。

7

〈回想明け・2019年5月〉ライラックの丘

タイムカプセルを掘り返す也英。

箱の中には、世界地図や写真やプリクラ、宇多田ヒカルのライヴチケットの半券、万年筆で也英と晴道の名前が書かれたコースター……等。

想い出の品々を、懐かしそうに手に取る也英。

と、写真の間からするりと何かが滑り落ちる。それは、北見行きの旧式の切符だった。

也英「……（切符を見つめ、朧げな記憶を辿り）」

8

〈回想・1997年12月〉野口家・食卓～居間（MN）

恐る恐る、模試の成績表を開く也英。

両校とも、『A判定』と書かれている。

也英「ふーー（と、安堵の息をつき）」

と、帰宅する幾波子の足音。

急いでソファに坐る也英。

幾波子「ただいまー。あら起きてたの？」

也英「（何気ない風を装い）あーうん、おかえり」

無造作に置かれた成績表を手に取る幾波子。
也英「……（視界の隅で確認し）」
幾波子「……也英ちゃん!!　すごい！　『A』って書いてある！　ココにほら！（と、也英の元へ飛んできて）」
也英「（くすぐったい気持ちで）あーうん」
幾波子「（成績表を感慨深く見つめ）……也英ちゃんが行きたければ、どっちでもいいよ。ママ頑張るから」
也英「私立なんて行かないよ。記念に書いただけ。高校は地元に行くもん（と、なんでもないように）」
幾波子「……さすが也英ちゃん！　コレ額に入れよう！」
嬉々としてそのへんの額を外して飾り始める幾波子。
也英「（笑ってしまい）なんでよ、ただの模試だよ」
やれやれと手元の本に視線を戻す也英。と、見覚えのない切符が挟まっていることに気付く。
也英「（不思議そうに）……あ、あい……？（読めず）」
切符をハンカチに包み、大事そうに仕舞う也英。

9

〈回想明け・2019年5月〉ライラックの丘

也英、切符を戻し晴道の箱を開けると、中には潰れたマルボロの箱が入っている。

也英「（らしいなぁと、クスッと微笑い）……」

と、その中に折り畳まれた手紙が入っていることに気付く。樹の下に腰を落ち着け手紙を開く——。

T『First Love 初恋』

10

〈日替わり・6月〉向坂家・綴の部屋

物理の運動方程式の宿題をしている綴。
×　×　×
〈フラッシュ〉詩のパフォーマンス。
×　×　×
指先が無意識のうちにリズムを刻んでいる。ふと、イメージの断片が浮かび、片付けてあったキーボードを引っ張り出す。

ヘッドホンをしてＭａｃを起動すると、頭の中に鳴っているサウンドを直感的に打ち込んでゆく。

11　〈回想・２０１１年６月〉同・リビング

ジグソーパズルをしている綴(7)と、ソファに坐って難しい学術書を読む行人(37)。
好きなピースをひらめきに任せて置く綴、その様子が気にかかる行人。

行人「……（と、見ていられず）あー、違う違う。そこじゃない（と、綴の手からピースを奪い）。よく見てごらん」
と、正しい位置にピースを置き直す。

行人「パズルはこうやって周りの枠から組むのがコツだ。ほら」
と、端のピースから合理的に枠をはめてゆく行人。

綴「……（と頷き、掌に残ったピースを見つめ）」

12　〈２０１２年６月〉同（Ｎ）

フィリピン人のナニー・アナと英語で会話し、ｉＰａｄの楽器アプリで遊ぶ綴(8)。
表から車の扉が閉まる音がし、すぐに反応する。
だが、こちらにやって来る楽しげな声に顔が曇る。

行人「ただいま」
行人の傍らには、若く華やかな美津香(23)の姿。

行人「綴、こちら美津香さん」
美津香「綴くん、はじめまして。会えて嬉しいな」
綴「（素っ気なく）こんばんは」
ぷいとソファへ戻り、再びｉＰａｄを見る綴。

行人「（美津香を気遣い、気にすることないと首を振り）」
綴、無意識にアナの服の端っこを折っている。

13　〈２０１３年６月〉同

ギャン泣きする双子の赤ん坊をあやす美津香。

ヘッドホンで外界の音をシャットダウンする綴(9)。

見よう見真似でGarageBandを弄り始めると、直感的に並べた音のピースがやがて音楽になる。

綴「――(と、高揚感を感じ)」

14 〈回想明け・2019年6月〉同・綴の部屋

机の上の邪魔な教科書やノートを脇へよけ、再びトラックを作り始める綴。創作に没頭する――。

15 タクシー営業所・談話スペース(E)

乗務を終え、戻って来る也英。

旺太郎「也英ちゃん(と、応接スペースを示し)」

見ると、詩がドライバーのおじさん達と和気藹々と麻雀を打っている。

詩、也英に気付き手を振り。

也英「(あら、と)」

16 カラオケボックス(N)

詩「♪聞いてくださ~い 私の人生~生れさいはて 北の国~」
こぶしをきかせて藤圭子を熱唱する詩。
× × ×
天井が低いポーズで『Automatic』を歌う也英。
バックで踊る詩。
途中、内線の受話器を取る也英。
也英「(中腰のまま)あ、スイマセン、生追加で」
詩「(中腰のまま)あとフライドチキン」
也英「(中腰のまま)あ、チキンも、はい」
はっちゃけるふたり。
× × ×
一息つき、生ビールを飲む也英とチキンを頬張る詩。
詩「明日テルアビブに発つことになりました」
也英「えッ? え、それじゃ・・・?」
詩「ハイ。来月からカンパニーの一員としてワールドツアーに。也英さんのおかげ」
也英「そんな（と、笑ってナイナイと手を振り）」
詩「（真顔で）や、実際そうですよ。だってあの日、タクシー捕まらず空港に着くのがあと2分遅れたら、オーディションに間に合わなかったですもん。マスカラとおんなじ。運命ってほんのちょっとの匙加減で変わっちゃうンです」
也英「……（たしかに、と思い）でもすごいな、その若さで。ちょっとコンビニ、みたいな感じで『明日テルアビブ』」
詩「（首を傾げ）旅の経験は？」
也英「（首を振り）」
詩「興味ない？」
也英「そんなことは。どちらかと言えば、興味津々（と、自嘲し）。……ストリートビューでね、たまに妄想旅行するの。こないだは草原で108匹の羊とヤギ達と暮らす遊牧民のおじいさんに出逢って、ラクダに乗って歌を歌って、何かよくわからない謎の肉が入ったシチューをご馳走になった」
詩「（笑って）ソレめっちゃあがる」
也英「（でしょ、と頷いて）お礼に白い恋人あげたら喜んでた」
ケラケラ笑うふたり。
詩「……ソレ、そんな難しくないですよ。道中で退屈しないための本と、あとポケットに少しのお金があれば」
その説得力。
也英「そうやって、ソファの上で行った気になってる」
思わず視線を逸らす也英。
也英「…夢はあったの。チャンスもあったし、それなりに障壁も。でもある時から挑戦するのをやめて、思考を停止させたら動けなくなった。結局何もしないまま、この人生で満足だって自分に言い聞かせてる。ほら、慣性の法則ってあるでしょ。〈止まってる物はその場に止まり続ける〉地球に重力がある限り、1度止まったものは動かないままみたい（と、薄く微笑い）」
リモコンを入力し始める也英。
詩「…その動かないはずのものに力を加えるのが、夢だったり、好奇心だったり、愛する人の存在だったりするんじゃないかな」
也英「……（ドキッとして）」
詩「〈心に芽生えたどうにもならない欲求は、時に岩をも動かす〉有名な法則ですよ。たしかニュートンが300年前に証明したはず（と、悪戯っぽく笑い）」
也英「……（響き）」
と、也英が入れた曲のイントロが流れ始める。
画面には氣志團の『One Night Carnival』とある。
也英「えッ、アレ？　間違えた。こんなの歌えないッ」
詩「えー、もーしょうがないなー」
也英「歌えるの?!」
マイクを取り、完璧な振りで踊りだす詩。
詩「♪（台詞）俺んとここないか？　ワンナイト・カーニバル胸の奥～Zuki-Zukiと音たてるAngel～ハイ（と、也英にマイクを渡し）」
也英「(ムリムリ！　と首を振りつつ）……♪（台詞）とにかくもう　行儀良く真面目なんてうんざりだった」
2人「♪Angel!!」
はっちゃけるふたり。

17

〈日替わり〉向坂家・綴の部屋（EM）
完成したトラックが流れている。
『U』という音楽ファイルを書き出すと、ベッドにぶっ倒れる綴。
綴「……（心地良い疲労感と、溢れる充足感で）」
ふと、スマホに手を伸ばすと、前の晩に也英からメッセージが届いていた。
『とりいそぎ報告です。明日の朝、詩ちゃんが海外へ発つそうです』
綴「……！（と、ベッドから飛び起き）」

18

小樽駅前～タクシー車内（M）
待っていた也英と合流する綴。

也英「早く！」
綴「（一瞬躊躇し）……（コレに乗るの？　と）」
也英「いいから！」
『貸切』のタクシーの助手席に飛び乗る綴。
也英「ベルトして」
シートベルトをすると、タクシーをぶっ飛ばす也英。
綴「……ママって結構運転荒いンだね」
也英「失礼な。いつでも法令遵守、安心安全を心掛けて……」
飛び出した歩行者に、急ブレーキを踏む也英。
也英「……が、やむを得ず急ブレーキをかける場合があります」
ゴクリと息を呑み、そっとグリップを握る綴。
歩行者を通すと、再びアクセルを全開に踏む也英。
也英「（鳴り続ける無線に）あーもううるさいなー（と、スイッチを切り）」
綴「……マジか」

19　新千歳空港・ロビー（M）

ヘッドホンをして、トランク1つでやって来る詩。

運航状況を確認し、ベンチで本を開く。

20　走るタクシー車内・国道〜裏道／旺太郎のタクシー車内（M）

朝のラッシュで渋滞している。

也英「あー、やっぱりか」

綴「……（焦りの色を浮かべ）」

と、邪魔な前髪をピンで留め、ふーと息をつくと、突如ハンドルを切って脇道へ左折する也英。

細い裏道を迷うことなく突き抜けるタクシー。

×　　×　　×

也英「（ハンズフリーでTV電話をかけ）あ、旺太郎さん、出番なら情報もらえると助かります。小樽から空港方面、5号線に抜ける迂回路走行中」

旺太郎（画面）「札幌北を先頭に激混み。インター付近で事故あったみたいだから、新道を行った方が賢明かな」
也英「了解。ありがとうございます」
綴「……（ほれぼれと見て）」

21　走るタクシー車内・道央自動車道

高速に乗り、順調に流れ出すタクシー。
也英「（一息つき）あ、コレ詩ちゃんから」
と、コンソールボックスから箱を出して渡す也英。
也英「ナニナニ？（と、ニヤニヤして）」
也英に背を向けリボンを解く綴。
中には外国製のヴィンテージのサングラスが入っていた。
綴「……（夢のようだったパーティーの一夜を思い出し）」

22　新千歳空港・ロビー

荷物を預けて搭乗手続きを始める詩。

23　走るタクシー車内・道央自動車道

空港方面へひた走る也英のタクシー。
流れる景色を緊張気味に眺める綴。
也英「……（綴をチラッと見て）もしかすると、おじいちゃん譲りなのかな。綴が芸術に引き寄せられるのは」
綴「え？」
也英「ママのパパはハンサムな伊達男で、おばあちゃんを口説くのにイェーツの詩を引用するようなロマンチストだった」
綴「……（苦笑し）ボクはそんなキザなことしない」
也英「（笑って）若い頃は詩人になりたかったみたい」
綴「おじいちゃんが？　今は社長でしょ？」
也英「（頷き）好きなことを仕事にできる人は少ない」
綴「……知らなかった」
也英「親の期待に応えようなんて思わなくていいから。綴には自分で選び取ったものを信じる権利がある。それが間違いでも失敗でも、人生にとっては何かしらの意味があるから」

　也英の言葉を素直に受け止める綴。

24　新千歳空港・ターミナルビルの車寄せ／タクシー車内

　也英のタクシーが滑り込む。

綴「ありがと！」

　車を飛び降り、鉄砲玉のように駆け出してゆく綴。

　也英、バックミラーでその姿を確認すると、気が抜けてなんだか可笑しくなってしまう。

25　同・出発ロビー～保安検査場

　詩を探し、走り回る綴。

×　×　×

　混み合う保安検査場の列に並ぶ詩。

　前方の中国人団体客が何度も引っかかり、時間がかかっている。

26　同・駐機場に面したカフェ

　クリームソーダを頼む也英。飛行機を眺めながら、綴をこの世に産み落とした瞬間を思い起こす。

×　×　×

〈フラッシュ〉２００４年6月27日、顔を歪め、いきむ也英(21)。

　やがて愛らしい産声が響き渡り、綴が生まれる——。

27　同・ロビー

　通行人に謝りながら、必死で走る綴。

　諦めかけたその時、今まさにボディチェックのゲートをくぐろうとしている詩の姿を視界に捉える。

綴「……詩ちゃん！　詩ちゃん!!」
詩「(振り返り)……ツヅル!?」
　駆け寄り、対面する綴と詩。
綴「……ボク、詩ちゃんが好き。どう考えても、100回諦めても、まだ好きでした。たとえ誰かに恋してても、その笑顔が誰かのものでも、恋してるその詩ちゃんごと好きです。……コレ、もしよかったら(と、スマホを出し)」
　その場でデータを共有する綴。
　詩の端末に『U』という音楽ファイルが表示される。
詩「……(沈黙)」
綴「(不安になり)……やっぱキザかな」
詩「……(静かに首を振り)うれしいの。うれしくて心がふるえてる」
　目を閉じて、その曲に聴き入る詩。
綴「あ、この曲は3つの章から成ってて、頭のシンセはいくつかの音色がレイヤーしてあって、それが……」
　場つなぎ的に多弁になる綴の口を、詩がキスで塞ぐ。
綴「……！(と、固まり)」
詩「ありがと。ツヅル」
　濡れた瞳で綴を真っ直ぐ見つめる詩。
綴「……(どうしていいかわからず)」
　綴、おもむろにもらったサングラスをかける。

×　　×　　×

　〈フラッシュ〉助産師から綴を受け取ると、也英の眼に自然と涙が溢れる。
　也英の指を握り返す綴の小さな手指。
　それはまるで初恋のようだった――。

×　　×　　×

綴「……あ、そういえばカレシさんは？」
詩「カレシ？　あー……なんか他の子とイチャついてたから、ぶっ飛ばして別れた(と、あっけらかんと笑い)」
　ズレたサングラスを厳かに上げる綴。

×　　×　　×

　ゲートの中へ消えてゆく詩を見送る綴――。

28

同・駐機場に面したカフェ

也英がクリームソーダを飲んでいると、サングラスをかけた綴がやって来る。

也英「(どうだった? と首を傾げ)」

小さくピースする綴。

フッと微笑う也英。

× × ×

向かい合って仲良くクリームソーダを飲むふたり。

奥の席には、幾波子と一緒にクリームソーダを飲む9歳の也英がいる(イメージ)。

29

〈2019年6月~翌年1月〉走るタクシー車内~也英のアパート(D~MN・点描)

乗務に明け暮れる也英。

酔いどれサラリーマン、愚痴をこぼしストレス発散するドラァグクィーン、ワケありカップル、札幌ロケに来た又吉直樹さん、憎まれ口を言い合う老夫婦……それぞれの事情を抱え移動する、多種多様な客達を乗せて走るタクシー。

也英のM「お元気ですか? 夕べ、近所のスーパー・佐野屋でアイスランド産ししゃもを買いました。アイスランドのししゃもを、ベトナムで加工し、和歌山の業者が売っているそうです。世界はなんと狭いものだと感じます」

× × ×

休憩中、パンを齧りながら英語の勉強をする也英。

也英「(リスニングしながら発音を練習し)」

也英のM「狭いといえば先日、すすきのでアゼルバイジャンとマルタ共和国のお客様を連続してお乗せしました」

アゼルバイジャン人とマルタ人を連続で乗せる也英。

也英「Ah… Would you like me to show you around a few interesting tourist attractions?(よかったら名所をいくつかご案内しましょうか?)」

と、思い切って練習の成果を発揮し。
マルタ人「That sounds great! The scenery here in Hokkaido is absolutely stunning.（助かるよ。北海道の景色は格別だね）」
目的地に着き、気前よくチップをくれるマルタ人。
也英「Have a safe and pleasant trip!（楽しい旅を！）」
也英のM「アゼルバイジャン人の方と会うのもマルタ人の方にチップを戴くのも人生初です。つくづく、人間は移動する生き物なのだと思います」

×　×　×

アパートの壁に大きな世界地図を貼る也英。
行きたい国に印を付け、ルートを書き込んでゆく。
也英のM「7万年前、アフリカから我々の祖先が決死の覚悟で世界中に散らばったように、ことほど左様に人類は〈ここではない何処か〉へ移動せずにはいられないのかもしれません」

×　×　×

也英「（客を降ろし）ありがとうございました。お気を付けて」
送り出してから、後部座席の下にマルボロが忘れられていることに気付き「あ…」と。

30

〈2020年1月〉路肩
休憩中、タバコを1本拝借しふかしてみる也英。

×　×　×

〈フラッシュ〉1999年、晴道とのファーストキス。見つめ合い、お互い恥ずかしそうに俯く。

×　×　×

すぐにむせ返ってしまい火を消す也英。

31

タバコ屋（N）
同じ銘柄のタバコを買い、吸った分を箱に返す。
也英のM「そちらは今どんな季節ですか？　どんな景色を見ていますか？　風邪など引いていませんか？　…

あなたにとても、とても会いたいです」
『並木さん』宛のメールを下書き保存する也英。
保存フォルダには同様のメールが何通も溜まっている。
也英「…（と、切なく空を見上げ）」

32 〈日替わり・2月〉タクシー営業所・事務室

壁に貼られた営業成績表には、也英がトップをぶっちぎっていることが示されている。
紅林に休暇を申請する也英。
紅林「休暇ですか？ 構いませんよ。3日ですか？ 5日ですか？（と、事務的に）」
也英「とりあえず有給全部使って40日程お休み戴きたいです」
紅林「（半笑いで）イヤ…そうなってくると、ね、色々ペナルティ的なアレを覚悟してもらっちゃうことになるンで」
旺太郎「えーこわいこわい。入社以来初めて有給消化しようって勤勉な社員に、この会社はそんなこと言っちゃうワケー？」
と、店屋物の米粒を飛ばしながら口を挟む旺太郎。
紅林「…」
旺太郎「アレなんでしたっけ？ 労働…（と、茄子田に）」
茄子田「基準法ね（と、応戦し）」
旺太郎「（それそれ、と）ナスさん言ってやって」
茄子田「第136条、使用者は有給を取得した労働者に対して賃金の減額その他不利益な取扱いをしてはダメなのでーす」
見ると、同僚達も加勢し紅林を冷ややかに見ている。
紅林「あーハイハイわかりましたよ（と、渋々ハンコを押し）」
「うぇーい」と盛り上がり、喜ぶ同僚達。
旺太郎に、弾ける笑顔を向ける也英。

33

〈日替わり・3月〜〉同・談話スペース〜ガレージ〜タクシー車内（点描）

食い入るようにTVを見つめる也英とおじさん達。

新型コロナウィルスによる緊急事態宣言のニュース。

也英の手元には、真新しいパスポート。

也英の肩をポンと叩く茄子田。

也英、微笑って肩をすくめ。

也英のN「2020年、人類を歴史的な災厄が襲い、誰も予想しなかった〈新しい日常〉が始まった――」

TVから流れる『ニューノーマル』『ステイホーム』『ソーシャルディスタンス』……といったワード。

×　×　×

テーブルの配置が変わり、喫煙室が閉鎖されている。フェイスシールドをして離れて喋る乗務員達。

野々村「どう？・」
久住「ダメダメ。そもそも乗る人いないモン、走らせてる意味ないワ」
油井「俺、来月短期のバイト行ってきます。アスパラの収穫」
也英「（アスパラか、と思いながら精算しており）」
売上票を見て、「あーあ」と。

×　×　×

座席を念入りに除菌する也英。

也英のN「人と人の距離は保たれ、移動が制限され、国と国の境界は本当の意味で見えない壁となった」

運転席と後部座席の間に引かれる透明パーティション。車載カメラを拭く――（暗転）。

34

〈日替わり〉向坂家前の路上

路上駐車したタクシーに凭れ、誰かと通話する也英。

也英「あっ、もしもし、元気？　……そのシャツ似合うね」

視線の先には、向坂家のベランダから手を振る綴。

ちょっと切ないソーシャルディスタンス。

也英のN「親しい人達との食事やおしゃべり、愛する人の肌のぬくもり……これまで当たり前に思ってたことが、実際そうじゃなかったことに気付く」

35 走るタクシー車内

マスクと手袋をし、タクシーを流す也英。

すっかりひと気がなくなった札幌の繁華街。

ラジオから流れる相変わらずのニュース。

ラジオの声「外出自粛の影響で、外食や旅行が減ったほか、GDPの個人消費はマイナス……」

也英のN「そんな先の見えない世の中で、今改めて思うこと。……〈いつか来るその日に、また会いたい人は誰か？〉」

也英、ラジオを消しハンドルを切り――（暗転）。

36 〈20XX年3月〉タクシー営業所・ガレージ

T『○ years later』

向かい合って話す也英と旺太郎。

旺太郎「いよいよ行くんだね」

也英「……また信じてみたいって思ったんです。運命。ちょっと無謀かもしれないけど（と、照れ臭そうに小首を傾げ）」

旺太郎、首を振りその決意を全面的に肯定する。

也英、力強く頷き、晴れやかな笑顔で――。

37 〈日替わり〉出国カウンター

差し出されたパスポートに、最初の出国スタンプが押される。

38 〈日替わり〉外国（点描）

バックパックひとつで雄大な大自然を歩く也英。

× × ×

泥壁の集落で出逢った人と、酒を酌み交わす也英。

× × ×

東欧の美しい街で昭比古がくれた絵葉書と同じ絶景（写真・Match. C）に出会う也英。

× × ×

砂の街でヒジャブを纏い、女達とお祈りする也英。パスポートに出入国スタンプが次々と押されてゆく。

× × ×

スークを散策中、人波の中に晴道の姿を見る（イメージ）。ハッとする也英。だがすぐに見失い。

也英「……（気のせいだったのか、と）」

× × ×

長距離バスで移動中、綴へ絵葉書を書く也英。

也英のM「『元気ですか？　マルタの首都バレッタに向かうバスの中でこの葉書を書いています。マルタは小型犬のマルチーズ発祥の地だそうですが、街はネコだらけです』」

39

〈日替わり〉向坂家・玄関

也英から絵葉書が届いている。

高校の制服姿で帰宅した綴が手に取り、嬉しそうに眺める。

40

〈日替わり〉ラジオ局～YouTube画面

ラジオ番組のゲストに呼ばれている綴。

DJ「今日のゲストは17歳のトラックメーカー、話題のtsuzuruくんです」

綴「どうも」

DJ「まずは、YouTubeの再生回数が5千万回超えを記録した話題の楽曲『U』」

× × ×

綴のトラックで踊る詩の動画に、世界中から様々な言語のコメントが寄せられている。

41

行人の病院・医局

休憩中の行人、おにぎりを箸で食べようとすると、若いナース・モモカが上目遣いでやって来る。

モモカ「向坂先生！　あのう、今度…tsuzuru くんのサイン貰ってもらえませんか？　ファンなんですぅ～！」

リナ「ずるーい！　アタシも！（と、入ってきて）」

行人「あー、ハイハイ、何枚？（と、まんざらでもなく）」

行人のデスク脇には、綴が出演するイベントのポスターがでかでかと貼られている。

42

〈日替わり〉新千歳空港・到着口

ツアーから凱旋する詩。

迎えに来た綴と熱い抱擁を交わす。

前よりもサングラスが様になっている綴。

詩「あっ！　そういえばビッグニュース…」

と、何やら意味ありげにスマホで写真を見せる詩。

43

モンゴル・おじいさんのゲル

おじいさんとその家族と歌を歌い、温かいシチューをご馳走になる也英。

と、綴からメッセージが届く。

綴のM『葉書届きました。街中がマルチーズだらけだと、それはそれでちょっとこわい気がします。ところで旅先で詩ちゃんが興味深い写真を撮ったので送ります』

外国のどこかで撮られた、ありふれた記念写真。

也英、何気なく画像をズームして——と、そこには晴道が写り込んでいた。

也英「…！」

女の子「（モンゴル語）それ誰？　ヤエの知り合い？」

也英「……（写真に見入り、微笑み）」

44　同・大草原

ラクダを連れたおじいさんにお礼の白い恋人をあげて別れを告げると、最寄りの空港へ急行する。

45　空港・チケットカウンター～アイスランド行き飛行機内

エアチケットの行き先を変更する也英。

×　×　×

マルボロの箱から晴道の手紙を取り出す也英。

もう何度も読んだその手紙には、次のように記されていた。

晴道のM「親愛なる10年後の野口也英様。今日これから、タイムカプセルにお互いの大事なものを入れることになったので、俺は生涯の宝物である想い出をここに残すことにします」

×　×　×

〈フラッシュ〉２００1年、卒業式が終わり、誰もいなくなった教室で手紙を書く晴道。

ライラックの樹の下、それぞれに持参した品を埋める也英と晴道。

晴道のM「それは野口也英に出会えたあの日のことです。とは言え、きみはたぶん憶えてないでしょう。也英に会う前の俺は、ハッキリ言ってろくでもなかった――」

46　〈回想・１９９７年11月〉晴道の中学校・廊下～教室

肩で風を切って歩く学ラン金髪の晴道(15)。

その後ろをチンピラの舎弟のようについてゆく凡二。

生徒らがモーゼの海のように道を空ける。

晴道「ミズコシってどいつ？」

教室に入り、男子生徒・水越雄馬を見つける晴道。

晴道「ウラアーーーーッ!!（と、ブチ切れて殴りかかり）」

暴れる晴道。ついでにそのへんの椅子をぶん投げると、教室の窓が盛大に割れる。

女子生徒らの悲鳴があがり、強面の生活指導教員・星野が飛んでくる。

星野先生「コラーー!!　並木ーーッ!!　まぁたオマエか!!!」

47　同・校長室

校長・二瓶《にへい》に平謝りする頼道と雪代。

雪代「‥‥ホントにスイマセン。ウチの馬鹿が」

離れたスペースで、ふてぶてしい態度を取る晴道。

星野先生「ったく、ナシて椅子なんか投げたのヨ」

晴道「机は重いンで」

星野先生「そういうこと訊いてンでねェ！」

と、余計ぶっ叩かれる晴道。

雪代「（泣き真似し）帰ったらはっ倒しますンで‥‥」

二瓶校長「（声を潜め）イヤ、なんでもネ、妹さんが耳のことでからかわれたみたいで」

頼道・雪代「‥‥あーー（と、妙に納得）」

48　並木家・縁側（N）

晴道の顔の傷に絆創膏を貼ってやる優雨(13)。

晴道「いって！」

優雨（手話）「ホント馬鹿」

晴道「うっせー」

優雨「（だが、そんな兄が誇らしくもあり）‥‥」

晴道のM「その夜、さすがに高校くらいは行ってくれと親に泣かれ、ガラスを弁償してもらう代わりに模試を受けることを渋々約束した。けど俺なんかが今更どうあがいたって、ろくな学校には行けないだろう」

49　〈1997年12月9日　※avantの晴道視点〉旭川方面行き石北線車内（M）

欠伸をしてふんぞり返っている晴道。と、斜め向かいのボックス席で熱心に本を繰る也英が目に留まる。

晴道のM「人生で最も憂鬱な朝、俺は生涯最高の出会いを果たした」

反射的に坐り直し、也英に釘付けになっていると、ふいに目が合ってしまう。慌ててそっぽを向く晴道。

晴道のM「俺は恋に落ちた。笑えるほど、あっけなく」

× × ×

本を読みながら寝落ちする也英。夢を見ているのか、コロコロ変わる也英の表情。

それにつられる晴道。

晴道のM「気が付くと、彼女は眠ってた。夢中で読んでた本が今にも閉じそうになってる。何か栞になるものはないか……」

咄嗟に自分の鞄をあさる晴道。ティッシュ、ガムの包み、延滞したAVのレシート……。

晴道のM「ポケットにちょうどいいモンがあった」

ポケットをまさぐり、自分の切符を也英の読みかけのページにそっと滑り込ませる。

本は丁度そのタイミングでパタンと閉じた。

也英はまだ夢の中だ。

50

北見駅・ホーム～改札（M）

車内アナウンスで飛び降りた也英を追う晴道。
階段を降り、改札を抜けようとしたところで駅員に容赦なく止められる。
駅員「あっ、ちょっと君！」
晴道「あン？（と、凄み）」
駅員「切符は？」
晴道「あ、今それどころじゃ……」
駅員「ちょっと向こうで話聞こうか」
駅員に囲まれる晴道。
駅外へ消えてゆく也英の背中を切なく見つめ。

51

模擬試験会場

遅刻して入室し、試験官に注意される晴道。空いている席を探していると、前方に也英を見つける。
晴道のM「最悪の気分で試験会場に行くと、なんとそこにあの子がいた。俺は確信した。これは運命だと」
同じ列の後ろから2番目の席に坐る晴道。

× × ×

試験中、也英の項をぼんやり眺めながら、解答用紙にいっぱい『うなじ』と書いてしまう晴道。
通りかかった試験官が怪訝な顔で見る。

× × ×

チャイムが鳴り、試験が終了する。
試験官「1番後ろの人はエントリーシートを回収してください」
晴道、後方の男子を威嚇し、自らシートを回収する。也英の席まで行くと、名前と志望校をガン見する。
晴道「ノグチヤエノグチヤエ……（と、口の中で反芻し）」
晴道のM「彼女の志望校は隣町にある、雲の上ほどの進学校と、札幌の超がつくお嬢様学校だった。俺の進む道は決まった」

52

〈日替わり・12月〜翌年2月〉並木家・晴道の部屋〜食卓（点描・D〜N）

猛勉強を始めた晴道を、物陰から見守る並木家。
凡二「やばいやばいやばい」
頼道「なんか悪いモンでも食ったか？（と、首を傾げ）」
晴道のM「その日から俺は、目から血が出るほど勉強した。教師からは『悪いこと言わないから考え直せ』と言われ、家族には気が触れたんじゃないかと心配された。こんなことならもうちょっと真面目に学校行っとくンだった」

× × ×

目の下にメンタムを塗りまくる晴道。

夜食のおにぎりを運ぶ雪代。

× × ×

丸付けを手伝う優雨。

× × ×

半分寝ながら朝食の味のりを袋のまま食べる晴道……。

× × ×

凡二「で、どんな子なのよ」
晴道「控えめに言って女神」
凡二「マジか。けどその子が女子校の方に行ったらどうすンのヨ？　努力が水の泡だぜ」
晴道「いや……大丈夫。絶対また会える（と、自分に言い聞かせ）」

53

〈日替わり・3月〉高校・合格発表会場

ドキドキしながら合格発表を見に来ている並木家と凡二。

雪代「……あった！　あった!!（と、驚きのあまり失神し）」
晴道のM「3ヶ月後、俺は志望校の公立高校に合格した。みんな奇跡だと云った」

泣いて大喜びする一同。

54

〈日替わり・4月〉高校・校門〜下駄箱〜廊下〜渡り廊下（M）

入学式の校門をくぐり、下駄箱を見回す晴道。

× × ×

人波を逆走し、渡り廊下へ行くとそこに也英がいた。

——すれ違う也英と晴道（H．S）。

破顔して、そのへんの男子生徒と肩を組む晴道。

晴道のM「これが俺の宝物。初恋の物語です。あの日きみは、俺に生きる意味と進むべき道を教えてくれた。俺の夢は、きみを幸せにすることです。2001年3月

11日、並木晴道」

55

〈回想明け・20XX年〉アイスランド行き飛行機内

手紙を読んでいる也英、最後の1枚を捲り。
（モノローグ、大人の晴道に乗り替わり）

晴道のM「……追伸」

× × ×

2019年、ライラックの丘を登る晴道。

晴道のM「きみが元気でいてくれてよかった。もしも、いつかまた会えたなら、今度はきみの物語を聴かせてください」

晴道、丘を下る也英とすれ違い――（イメージ）。

× × ×

手紙を閉じ、そっと涙を拭う也英。
窓の外に視線を投げると、眼下に陸が見えてくる。

56

〈日替わり〉アイスランド・小さな飛行場～受付カウンター

くわえ煙草に作業着姿で機体を洗浄する晴道。
客の荷物検査もひとりでこなす。

57

同・広大な道々

ヒッチハイクしたトラックを降り、広大な自然の中をひたすら歩く也英。

× × ×

道に迷い、地図アプリを見て首を傾げる。

58

同・ガソリンスタンド

作業中の店主に声を掛ける也英。

也英「Excuse me, can you tell me how to get to Husavik?
（すみません、Husavik に行くにはどうしたら？）」

店主「Sure. It's that way. Are you from China?（あっちだよ。チャイニーズ？）」
也英「No. I'm from Japan.（いいえ、日本から来ました）」
店主「We had another Asian customer last week. He said he works at the Husavik Airport.（へぇ。たしか先週ウチに来た客も東洋人だったな。Husavik の飛行場で働いてるとか云ってた）」
也英「Are you sure?（本当ですか!?）」
店主「Husavik is a small town.（ここは狭い町だ）」
と、也英の顔色が変わり——。
也英「Takk fyrir! Takk fyrir!!（ありがとう！　※アイスランド語）」
鉄砲玉のように飛び出す也英。

×　×　×

再び前へ進む也英。

はやる胸、次第に駆け出し——。

59　同・小さな飛行場

飛行機の荷室にトランクを積み込む晴道。

客の搭乗を終え、晴道もタラップを上がってゆく。

と、その時——。

也英の声「ハルミチ！」

振り返る晴道。

目の前には、ほかでもない也英の姿。

晴道「……也英？（と、信じられないような顔で）」

無意識に一歩踏み出す晴道。

高揚し、前へ進む也英。

戸惑いつつも、晴道の足も前へ、また前へと出る。

堪らず駆け出し、晴道に飛びつく也英。愛する人に触れている、今この瞬間を確かめるように晴道を強く抱きしめる。也英、涙でいっぱいの目で晴道を見据え。

也英「……ハルミチ、あなたがわたしの初恋です」

晴道、その言葉で、也英が記憶を取り戻したことを強く確信し。

晴道「――」

空白の時間を埋めるように、也英をきつく抱きしめる晴道。

也英、その温もりと力強さを全身で感じ。

晴道、愛おしそうに也英の髪を撫でると、也英の頬を伝う涙をそっと拭い、熱いキスをする。

溢れる光の中、溶け合うふたり――。

長いキスを終え、お互いなんとなく照れて。

也英「……タバコの味」

晴道「……だから、フレーバーと言いなさいって」

フッと微笑い、再び抱き合う――。

60

〈回想・1998年3月〉逢巳後駅・ホーム～待合室(D～E)

下車する也英。謎の切符と駅名標を照らし合わせる。

也英「アッパウシ……（と、ちいさく呟いて）」

×　×　×

寒そうにベンチに坐る也英。

待合室に電灯が灯る頃、上り電車がホームに近付く。

凍える手で伝言板に『ありがとうございました』と書き残し、電車に乗り込む――。

61

〈回想明け・1年後〉アイスランド・飛行場・コックピット～客室

コックピットで離陸準備をする晴道。

客室に颯爽と現れたのは、CA姿の也英――。

也英「May I have your attention please. Welcome aboard our flight.」

〈First Love 初恋　END〉

序章　札幌

二〇一八年六月

一生のうちに何度か、幸せで眠れない夜があった。

三階の化学室へと続く階段の踊り場で、好きな子が自分の名前を呼んでくれた日。地上のあらゆる男達を差し置いて、その子が自分を好きだと云ってくれた日。彼女に出会い、これが『初恋』だと自覚したあの日——。

今はと言えば、大げさでなく、つねに眠いし身体のどこかしらがつねに痛い。古傷と言ったら幾分聞こえはいいが、痛みまでが薄らぼけている。生活に支障を来すことはまずないが、ぼんやり、いと、どことなく、いつも痛い。医者にかかったところで、カルテにはこう書かれるだろう——『加齢による自然な現象』。なんてことはない。同世代のスポーツ選手が次々と引退し、がん保険のトラッキング広告が増え、アマゾンで前の晩にポチッた電動歯ブラシを間違えてまた注文してしまう、そういった類の自然な現象だ。二日酔いの鈍った頭を叩き起こし、換気扇の下で目覚めの一服を吸うとくらっとした。晴道はマルボロの赤いパッケージを眺めながら、いよいよアイコスかなと思う。ニコチンにも、こうして不意に忍び込む感傷にも抗えず、騙し騙し遣り過ごしてきたら、やがてそれがライフスタイルのようにさえなっていた。

「喫煙は、あなたにとって肺がんの原因の一つとなります」

通勤の準備を整えながら、有川恒美《つねみ》がタバコのパッケージの下半分に書かれている警告表示を音読した。白いポプリンシャツに品のいいミディ丈のスカートを穿き、パールのイヤーカフを装着しながら恋人の悪しき習慣を諫める。

「これっていつからこんなに字でっかくなったんだっけ」

「さあ。どうせだったらもっとハッキリ言っちゃえばいいのよね。『タバコはあなたを殺します』とか『インポテンスになります』とか」

晴道は言葉を呑み、味のしないタバコを揉み消して洗面所へ行った。二本買ってしまった電動歯ブラシは、わざわざ返品するのも億劫で、週の前半と後半とで使い分けている。どちらか一方が先にヘタることのないよう、なんとなく公平を期して。木曜の朝の歯ブラシで歯を磨いていると、胸やけで軽くえずいた。伝統的なおじさんの歯磨き風景の中に自分もいる。

「それじゃ後でね」

玄関から恒美の声がして、歯ブラシの電源を止めた。

「なんだっけ」

「やだ、やっぱり。七時からお父さん達との食事会。昨日も言ったけど」

「あぁ、そうか。わかった。や、わかってます」

恒美は仕事帰りの晴道にキッチンペーパーを頼んだら、トイレットペーパーとカラムーチョを買ってこられた時に似た、やり場のない脱力を感じた。日取りからレストランの予約から両親の航空券の手配まで全て自分でセッティングした。まるで自分の誕生日パーティーを自分で開いて取り仕切るように。付き合って七年、恒美の提案に晴道が反対したことはただの一度もなかったし、また主体になることもなかった。恒美は約束を忘れていたことへの何らかの弁解の言葉を待ち、歯ブラシの振動音がまた何事もなかったように鳴り出すのを聞くと、微かな失望の色を浮かべてドアを出た。遠ざかるハイヒールの音を聞きながら、晴道は頭を掻き、ふと「死んだじーちゃんに似てきたな」と思った。鏡の前には紛れもなく三十六歳のくたびれた男がいた。どこも痺れず、どの歯ぐきからも血が出ることのない、新しい靴を履いただけで何処へでも行ける気がしていた十六歳の自分の声がした気がする――「まさか、冗談だろ?」。

札幌の中心地、大通公園にほど近い北一条にそびえ立つ高層オフィスビル〈ノーザンライツビル〉、そのA棟地下一階、荷捌き駐車場脇の長く薄暗い通路を突き当たった一番奥にある防災センターが、晴道の現在の職場だ。二十四時間勤務の当務と非番、日勤、夜勤のシフト制で、三〜四人のメンバーが決められたタイムスケジュールに沿ってビルの警備に当たる。侵入者による盗難、事故や火災を防止し、利用者の安心安全を護る責任ある職務だが、実際のところは扉の閉め忘れやセンサーの誤作動の確認、落とし物の引き渡しやたまに侵入してくる野良猫(あるいは酔っ払い)を追っ払うといった軽微なトラブルの対処が主たる業務だった。ものすごく楽しいということもなければ、どうにも辛いということもない。給料が安いことを除けば、さしたる不満のない平穏で単調な仕事であった。高層階で働く上等なスーツを着たビジネスエリート達からは、気さくに挨拶されることもあれば、人としてまるで尊重されないことも少なからずあった。先週の金曜日に、三十階の外資系投資会社の火災報知器が鳴ったので急いで駆けつけると、社員達がワイングラス片手にシャトーブリアン（たしか彼らがそう云っていた）を焼いて盛り上がっていた。彼らは消火器を抱え息を切らした晴道を見て笑い、ため息をついた。人は纏った制服や社会的地位や立場なりに扱われる。少なくともこの全面ガラス張りのビルに棲息する一定の人種の連中にとって、警備員は軽視してもいい存在らしかった。だがそんな不当な扱いにもいつしか慣れ、晴道はほとんど何も感じなくなっていた。まあ、そんなものだろう。壊れた電気ポットのように、あらゆる感性や反応のセンサーが馬鹿になってしまったのかもしれない。震えるような感動や、涙を流して打ち震えるといったことがなくなったのと同時に、無用に傷付いたり世の理不尽に憤ることもなくなった。元々金に執着がないこともあり、前職で得た貯金がほとんど使い途のないまま残っていた。贅沢をしなければこの先もどうにか食いつないでいけるだろう。もはや人生を変えようという動機や意欲もない。タンクに湛えられた水はおそらくもう永遠にお湯にはならない。これが歳をとるということなのか。

——遠くで誰かが呼ぶ声がする。

「並木さん、なーみーきさん！」

監視モニターの前で居眠りしていた晴道を呼ぶ、部下の大越仁の声だ。

「並木さん、大丈夫スか？　なんか今日予定あるって言ってませんでした？」

妙に生々しい夢を見て、背中にうっすらと汗をかいていた。窓のないこの部屋では、今が果たして昼なのか夜なのか瞬時には判別がつかなかった。無精髭を掻きながら眠気眼でスマホを見ると、時刻は十八時を二十分ほど過ぎていた。咄嗟に恒美の顔が浮かんだ。

「やばい。コッシー、後頼むわ」

防災センターを飛び出し、従業員口から表へ出ると辺りは六月の遅い午後の柔らかな陽光に包まれていた。北国の初夏の爽やかな風が吹き抜ける。ふと今朝の失態を思い返し、せめて恒美の母親に手土産でもと思い立った。急げばまだ少し時間がありそうだったので札幌駅へ向かい、たまたま目についた花屋に立ち寄った。女性店員に「何か適当に」花束を頼むと、彼女はフラワースタンドの沢山の花の中から、房なりの愛らしい薄紫の花を数本選り抜いて差し出した。「ライラックなんていかがですか？　この街のシンボルですし、この季節にしか出回らないお花です」

「あー、じゃそれで」

ろくに見ずに財布から一万円札を取り出そうとしたその時、一際甘い芳香が晴道の鼻孔をくすぐった。

「『初恋』て云うんですって。ライラックの花言葉。色によって違うんですけどね。ほら、葉っぱがハートの形をしてるでしょう？」

一向に反応のない晴道に気付き、店員が口をつぐんだ。

「あ、スイマセン。何か同系色のお花と合わせますね。芍薬か、ニゲラとか・・・」

「それでいいです。それを、あるだけください」

恋人の母親への手土産にしてはいささか大仰に思えなくもない花束を抱え、晴道は南口のタクシー乗り場へと駆け込んだ。運良く一台だけ停車していたタクシーに乗ろうと後部ガラスをノックすると、一足遅れで若い女がやって来た。華奢な躰に長い黒髪をひとつに括った彼女は、ゆったりとしたリネンのワンピース越しでも一目でわかるほど大きなお腹を抱えていた。落ち着いた雰囲気だが、張りのある肌や仕草にどことなく幼さを残していた。晴道は彼女の姿を視界に捉えると、ほとんど条件反射的に順番を譲った。ひ弱な勇者があらゆる世界の魔物から大切なものを守るように、彼女は神経質にロータリーを見回し、やはり乗車できるタクシーがないことがわかると、深々と頭を下げて礼を言った。その眼には、強い光と微かな翳りが宿っていた。彼女の冒険の始まりに登場する、せいぜい通りすがりの村人でしかない晴道には、そのわけを知る由もなかった。今は頼りなく丸腰の彼女も、その勇敢な使命によって特別な『盾』や『魔法』を手に入れるのだろう。晴道は微笑み紳士的に乗車の手を貸すと、まもなく母親になる彼女が何事もなくその日を迎えることを願った。

タクシーを見送ると、晴道は我に返って時計を見た。本日二度目の恒美の顔が頭をよぎり、現実に戻る。ほどなくして別のタクシーが滑り込むと、今度ばかりは脇目も振らずに乗車した。

行き先のホテルを告げ、二言三言のなんでもない会話を交わしていると、ドライバーの言葉尻にどことなく人好きのする空気感と、根っからの人の良さを感じた。同世代だろうか、男は占部旺太郎といった。

「運転手さん、今日のファイターズの交流戦ってどうなってます?」

「三回表カープに二点リードです」

全道民がファイターズファンであることを前提に、旺太郎は得意満面にこたえた。その日は初回から二番大田が先制二ランを放ち、いい流れに乗っていた。

「あー、そうスか」

客の反応が思っていたそれとは違い、旺太郎は思わず口を押さえた。やってしまった。何年タクシードライバーをやってるんだ。客商売である以上、政治と宗教とスポーツの話題は当たり障りなく返すのが鉄則だというのに。世の中にはカレーライスや、ラピュタや芦田愛菜ちゃんが嫌いな人も存在するのだ。会ったことないけど。生真面目に謝罪する旺太郎に晴道は苦笑いで取り繕った。

「ああ、イヤね、これから飯食う相手が筋金入りのカープファンで。彼女の親父さんなんスけど」

「あーなるほど」

旺太郎は胸を撫で下ろし、「お察しします」といった顔で話を合わせた。ちょうどそのタイミングで、晴道のスマホの着信音が鳴った。バックミラー越しに「(その彼女)」と目で合図して晴道は電話に出た。

「あーもしもし。うん、わかってる。今向かってる。お義母さんに土産も買ったし」

案の定、心配した恒美からのリマインドコールだった。

「え？　何？」

車内で流れていたラジオＤＪの声が電話の声を遮った。それとなく晴道の様子を窺っていた旺太郎は、すぐさまラジオの音量を絞った。

「ああ、ゴメン。音遠くて」

――その時、ラジオからひどく懐かしい旋律が流れた。

長いこと、この曲を避けてきた気がする。この国で生きる以上、言うまでもなく日本で最も売れたアルバムの誰もが知るヒット曲から完全に耳を塞ぐことなど（離島で仙人的な暮らしをするとかでもない限り）到底無理だった。だが晴道は数十年来、強固な意志を持ってそれと距離を置き、周到に逃げてきた。散歩の道すがらであれば躊躇なくコースを変えたし、誰かがカラオケで歌おうとすれば空気を読まずに席を立った。それは実に熟達した手練《てだ》れのようだった。だが今、よりによってこの瞬間、あの美しいイントロと独特のハミングが車内に響き渡り、晴道の心を捉えて離さなかった。かつて何度も聴いたこの曲のフレーズのひとつひとつが、新たな意味を持って立ち上がってくる。晴道のあからさまな態度の変化に、旺太郎は気を利かせて更に音量を絞ろうとした。

「ゴメン。悪いけど後でまた」

晴道は恒美との電話を切り上げ、旺太郎を制止した。

「スイマセン、やっぱちょっと上げてもらってもいいスか」

晴道は観念したようにシートに身を沈め、ラジオの音に耳を傾けた。

最後のキスは
タバコのflavorがした
ニガくてせつない香り

明日の今頃には
あなたはどこにいるんだろう
誰を想ってるんだろう

You are always gonna be my love
いつか誰かとまた恋に落ちても
I'll remember to love
You taught me how
You are always gonna be the one
今はまだ悲しいlove song
新しい歌うたえるまで

どうかしている、と自分でも思う。結局、恒美との約束を破った。正確にはその場所に行くことができなかった。馬鹿げているし、自分が友達だったら殴ってやりたい。やっぱり引き返して欲しいと伝えると、あの人の良いドライバーさえもちょっと引いていた。恒美は今頃、田舎から出てきた御両親に「彼は急に体調が悪くなって来られなくなったの。二人に会うのを楽しみにしてたからとても残念がってる。本当よ」などと言って、不埒な恋人を懸命に庇っていることだろう。恒美はそういう女だ。よく出来た恋人で、至極まっとうで、紛うことなき良い人間だった。そんな彼女を育てた御両親もまた、純朴で善良な人達だった。『所帯持ち』という言葉の殊勝な響きにいささか怯みはするものの、晴道は恒美と一緒になることを拒んでいるわけではなかった。彼女のことが好きだったし、大事にしたいと心から思っていた。彼女といる限りは、自分もいい人間でいたいと思った。間違っても、欺いたり誤魔化していい類の人間ではないと晴道は真剣に考えていた。しかし、まったく予期しない状況で、深い淵に沈めたはずの記憶がいとも簡単に甦ってしまった。あの曲がもたらす特別な何かが彼の内部で反応し、強い電流となって脳に信号を送り、意識としてたちどころに露見した。そこにたかが人間が抵抗する余地などなかった。

正直であることは、彼の美徳であり致命的な欠点でもあった。仮にこれが彼の葬儀で読まれる追悼文であれば、故人の生前のその真っ直ぐな人柄を偲び讃えられただろう。だが現実的な社会生活において、とりわけ付き合って七年にもなる恋人の恒美にとって、時に彼の馬鹿正直さと優しさは彼女を悩ませる苦悩の根源となった。

この感情の正体がなんなのか、もはや晴道自身にもわからなかった。感傷？　未練？　悔恨？　罪悪感？　元来、物事の裏をかいたり、複雑な心の機微に思いを巡らせることが得意ではなかった。いずれにせよ、それを自覚してしまった以上、何事もなかったように彼らの前でごきげんに酒を酌み交わし、「一生幸せにします」などと言ってみせられるほど、晴道は器用でも気の利いた男でもなかった。たとえ数時間後、彼女の非難と何時間にもわたる気まずい無言の時間が待ち受けていたとしても。

ライラックは、あの子が好きな花だった。毎年、お気に入りの丘に咲くこの花の開花を彼女は心待ちにしていた。ライラックの樹の下で、溢れんばかりのたわわな一朶《いちだ》に白い手をやさしく伸ばし、その芳香をうっとりと嗅ぐ横顔は花のように美しかった。無意識のうちに晴道の口から吐息がこぼれ、ハートの葉をそっと揺らした。

今はもう会うことのない彼女も、今頃どこかでこの香りを嗅いでいるのだろうか。しあわせに暮らしているのだろうか。北国の短い夏が訪れようとしていた。

Netflixシリーズ「First Love 初恋」

満島ひかり　佐藤健
八木莉可子　木戸大聖 ／ 夏帆　美波　中尾明慶　荒木飛羽　アオイヤマダ
濱田岳　向井理　井浦新　小泉今日子

脚本・監督：寒竹ゆり
エグゼクティブ・プロデューサー：坂本和隆（Netflix）
プロデューサー：八尾香澄
撮影：新出一真　中村純一
照明：小林仁
録音：矢野正人　久連石由文
美術プロデューサー：福田宣
美術：寒河江陽子
装飾：野村哲也
スタイリスト：Babymix
ヘアメイク：小林雄美　花田愛奈
メイク：島田裕子
助監督：増田伸弥　足立公良
制作担当：末光洪太　奥泰典
ラインプロデューサー：佐藤幹也
ポストプロダクションスーパーバイザー：大屋哲男
VFXスーパーバイザー：野崎宏二
編集：小野寺絵美　渡辺直樹
整音：石坂紘行
音響効果：松浦大樹
音楽：岩崎太整

制作プロダクション：C&Iエンタテインメント
原案・企画・製作：Netflix
配信：Netflixにて独占配信中
First Loveポスター提供：ユニバーサル ミュージック

Inspired by songs written and composed by Hikaru Utada | 宇多田ヒカル

〈著者紹介〉

寒竹ゆり　脚本家・映画監督。1982年、東京都生まれ。

日本大学藝術学部映画学科在学中の2004年に、ラジオドラマ『ラッセ・ハルストレムがうまく言えない』（主演 池脇千鶴）で脚本家デビュー。2009年『天使の恋』（主演 佐々木希）で長編劇場用映画初監督。翌年、AKB48初のドキュメンタリー映画『DOCUMENTARY of AKB48 10年後、少女たちは今の自分に何を思うのだろう？』を公開。MVやCM、TVドラマ等、活動は多岐にわたる。韓国ロケで撮影した映画『ケランハンパン』（主演 チュ・ソヨン、村上淳）でゆうばり国際ファンタスティック映画祭審査員特別賞受賞。

JASRAC 出 2301635-301

First Love
初恋
シナリオブック
2023年4月20日　第1刷発行

著　者　寒竹ゆり
発行人　見城 徹
編集人　森下康樹
編集者　君和田麻子

発行所　株式会社 幻冬舎
〒151-0051 東京都渋谷区千駄ヶ谷4-9-7
電話：03(5411)6211(編集)
03(5411)6222(営業)
公式HP：https://www.gentosha.co.jp/

印刷・製本所　中央精版印刷株式会社

検印廃止

ISBN978-4-344-04103-5 C0095

この本に関するご意見・ご感想は、
下記アンケートフォームからお寄せください。
https://www.gentosha.co.jp/e/